MAX
URLACHER

DIE PUTZI DIARIES

MAX
URLACHER

DIE PUTZI DIARIES

DROEMER

Mitarbeit: Angela Lucke

Besuchen Sie uns im Internet:
www.droemer.de

Ein Unternehmen der Droemerschen Verlagsanstalt
Th. Knaur Nachf. GmbH & Co. KG, München

PUTZI BLOG auf: www.maxurlacher.com
Umschlaggestaltung: ZERO Werbeagentur, München
Umschlagabbildung: FinePic®, München
Fotos: Max Urlacher
Lay-Out, Satz und Herstellung: Michaela Lichtblau
Druck und Bindung: Kösel, Krugzell
Printed in Germany
ISBN 978-3-426-22602-5

2 4 5 3 1

Für Mary

Sie meinen, ich würde eine Figur erfinden?
Putzi kann man nicht erfinden.

I

TRALLALI TRALLAHEY TRALLA HOPPSASSA

Ich hab kein Haus, kein kunterbuntes Haus, kein Äffchen und kein Pferd, und niemand schaut bei mir zum Fenster raus. Stattdessen hab ich einen Plasma-HD-Fernseher, vor dem ich die Weihnachtstage verbracht habe, gemeinsam mit Pippi Langstrumpf und dem Aschenbrödel. Blöde Fotzen die beiden, mit ihrem Trallali Trallahey Tralla Hoppsassa, mit ihren spießigen Freunden und ihren beschissen glücklichen Zukunftsentwürfen!

»Was ist denn mit Ihnen verkehrt?«, fragte mich das einzig reale Wesen in meinem Umfeld, meine Putzfrau Marianne Schneider (Schneider ist nicht ihr richtiger Name, aber ich sehe keinen Grund, warum ich den verraten sollte), die mir zwischen den Jahren Nudelsalat und Würstchen vorbeibrachte.

»Eigentlich alles!«

»Für jeden gibt es Zeiten, da fühlt man sich nicht zugehörig«, meinte sie dazu.

»Es ist ja nicht so, dass mir die Handhabung fürs Leben verloren gegangen wäre oder das profunde Wissen darum.

Viel schlimmer. Ich habe den dumpfen Verdacht, ich habe Derartiges nie besessen.«
»Papperlapapp, Max. Sie haben sich verlegt und finden sich grad nicht wieder. Sie sind einsam und haben zu viel Zeit zum Nachdenken! Sie pflegen Marotten und werden sonderbar ...«
Meine Putzi genießt Gedankenfreiheit. Denken darf sie, was sie will. Aber sie denkt es nicht nur, sie sagt es auch.
»Sie müssen sich das einfach anhören, Max ...«, fuhr sie fort.
Wenn ich sonst was müssen muss, bin ich nicht gewillt zu müssen. Bei Putzi mache ich Ausnahmen. Ich wundere mich selbst darüber. Ganz ehrlich: Manchmal bin ich zu feige, ihrer Putzi-Kraft entgegenzutreten, für ihre Geradlinigkeit bin ich aber meist empfänglich. Kurz: Meine Putzi ist ein strammer Brummer, einundsechzig, Hartz IV, mehr Proll als Dame, und ihr Herz ist so breit wie ihr Arsch. Sie ist zuverlässig und unverantwortlich, einnehmend und enervierend, null geheimnisvoll und sehr rätselhaft. Und sie mag es nicht, wenn man ihr widerspricht.
»Nein Max, unterbrechen Sie mich nicht! Es stimmt, Sie haben sich ein paar eigenartige Macken zugelegt.«
»Macken?«
»Eine davon ist, Sie tun sich selber leid.« Dabei sah sie mich mit einem Ausdruck von Abscheu an.
In meinem tiefsten Innern wusste ich, dass Putzi Recht hatte. Aber diese Erkenntnis half mir nicht. Im Gegenteil, sie breitete sich wie ein Gift in meinem Körper aus und ließ mich noch träger werden. Ich gammelte schon seit Wochen übellaunig auf meiner Couch vor mich hin, hackte gnadenlos auf meinen Laptop ein, verplemperte meine Zeit mit dem Erstellen von Wiedergabelisten für mein I-Pod und nahm die Welt außerhalb meiner vier Wände nur verschwommen wahr. Ich war ständig müde und

konnte trotzdem nicht schlafen. Meine Wohnung verließ ich nur, um beim Chinesen meines Vertrauens die immer gleiche Nummer siebzehn zu ordern. Nichts war im Lot.

»Es klingt vielleicht ein wenig brutal, aber Sie stecken in einer gewaltigen Midlife-Krise«, meinte Putzi. »Übrigens kenne ich keinen in Ihrem Alter, der diese Phase nicht durchläuft. Eier habt ihr dick wie mit zwanzig, aber längst weiße Haare am Sack. Ihr wolltet die Welt erobern und stellt fest, ihr macht sie täglich nur ein Stückchen mediokrer. Nun gilt es, das Unkraut zu jäten, damit das Bäumle wieder Platz und Nahrung hat, gell? Dieses Rupfen auszuhalten, das ist die wahre Mannwerdung!«

»Bei mir gibt's nichts mehr zu rupfen«, jammerte ich.

»Das ist großer Unfug. Reißen Sie sich zusammen. Schluss mit dem Schlendrian! Das ist diese moderne Lebenseinstellung unter Ihresgleichen. Der Vorteil am Älterwerden ist doch: Man kann sich nicht mehr so gut belügen.«

»Ein Vorteil?«

»Keine Selbstbeschummelei mehr. Verstanden?! Ab jetzt wird der Wahrheit ins Auge geblickt.«

»Ist das denn gut?«

»Natürlich! Und ganz einfach.«

»Aha.«

»Sie haben die Unschuld verloren, die Dinge zu Ihnen sprechen zu lassen. Das konnten wir alle mal, aber dann werden wir in die Schule geschickt und lernen Algebra.«

Meine Putzi ist weise.

Und die weltweit beste Putzfrau sowieso. Sie klaut nicht, spricht deutsch und telefoniert nicht auf meine Kosten. Sie geht voll in die Tiefe, wischelt hinter, über und unter den Sachen. Das Putzen ist ihr nicht nur Mittel zum Zweck, sondern Passion.

Putzi wurde mir von meiner Kollegin Franka empfohlen, die sie wiederum von Matt Damon übernommen hatte: »She is a hell of a Putzlady.« Angeblich bestand noch immer reger E-Mail-Kontakt zwischen den beiden. Das wollte mich nicht sonderlich beeindrucken. Was sollte ausgerechnet ich mit einer Promi-Putze? Aber meine letzte, Ilonka aus Weißrussland, erwartete ein Kind und hatte mir als Ersatz ihren Bruder Sergej vorbeigeschickt. Bei unserem ersten Treffen fragte mich Sergej, ob ich das Arschloch sei, das seine Schwester geschwängert hätte, beim nächsten Mal brachte er einen zwielichtigen Kumpel mit, der einen Rucksack mit Nummernschildern bei mir stehen ließ.
Ich rief Putzi an: »Man hat Sie mir als weltbeste Haushaltshilfe angepriesen!«
»Man macht eben das Beste aus dem, was Gott einem so mitgegeben hat. Und ich habe nun mal einen Blick für Staub, Flecken und Unrat. Ich sehe auch gleich, ob jemand falsche Zähne hat. Oder einen Fifi!«
»Meine Wohnung ist unkompliziert. Sparsam möbliert. Bedarf also nur einer regelmäßigen Grundreinigung.«
»Erst einmal müssen wir uns kennenlernen, dann sehe ich, ob Sie mir überhaupt sympathisch sind. Ich arbeite nur für Leute, die ich mag. Und als Nächstes schau ich mir Ihre Wohnung an.«
»Ob die Ihnen auch sympathisch ist?«
»Hei ja.«
»Ach …«
»Und über Geld sollten wir auch gleich reden. Ich nehme zwölf Euro die Stunde!«
»Zwölf?«
»Qualität hat ihren Preis.«

ADORNO

Ich kam mir vor, als ginge ich zum Vorsprechen. Die Haare gekämmt. Das Deo sorgfältig aufgetragen. Mit Listerine gegurgelt. Ich trug gebügelte Baumwollhose und Jackett. Putzi hatte mir genaue Anweisungen gegeben: »Dreimal klingeln, sonst gehe ich nicht an die Tür. Ich renne doch nicht den ganzen Tag hin und her für Werbefuzzis, Zeugen Jehovas und Telekomvertreter. Ignorieren Sie Frau Bode im Parterre, die macht hier den Blockwart. Und keine Angst vor dem Köter. Der fletscht die Zähne und knurrt. Aber normalerweise ist er ganz lieb.«

Oben angelangt, suchte ich nach dem Klingelknopf. Es gab keinen. Also klopfte ich. Drei Mal. Auf der anderen Seite waren Schritte zu hören, die hinter der Tür verharrten. Nichts passierte. Also klopfte ich noch einmal und sagte: »Hallo? Ich bin auf der Suche nach Marianne Schneider.«

»Sie sind zu spät!«, antwortete sie scharf.

Wie gerne würde ich den Tonfall ihrer Stimme vermitteln können, aber mir fallen keine passenden Vergleiche oder Adjektive ein. Am ehesten knatschig, nicht wirklich versoffen, aber auch nicht gesund, mit Seufzern versetzt, ein wenig gequetscht, sich manchmal überschlagend. Von Marianne Faithfull gibt es einen Song, ›The Ballad of Lucy Jordan‹. Wie die Faithfull in diesem Lied die Wörter zieht, das kommt der Melodie von Putzis Stimme recht nah.

»Ich hatte mich schon wieder ausgezogen«, rief Putzi. Ihr Vorwurf klang wie eine freundliche Ohrfeige. »Einen Moment!«

Und dann stand ich ihr gegenüber und war sehr verlegen.

Sie füllte die ganze Tür aus. Gewaltig und gutmütig wie eine Marianne Sägebrecht in rustikal. Mit schwarzen Leggins und weitem Shirt, mit pinkem Frottee-Stirnband und großer Sophia-Loren-Brille. Sehr retro. Weiche, fleischige Züge und kullerrunde, ausdrucksstarke Augen.
»Hallo, ich bin die Mary!«
Sie nahm das Stirnband ab, strich sich die Haare zurecht und half mir beim Ablegen meiner Jacke, die sie ordentlich auf einen Bügel mit Namen ›Gast‹ hinter die Eingangstür hängte. »Sie müssen die Schuhe nicht abstreifen!« Dann führte sie mich gleich links in die Küche.
Meine Putzi hat einen Gang, der an einen Hobbit erinnert.
»Ich hätte mir auch ein Kleid überziehen können«, sagte sie, »ich trage gerne Kleider. Aber ich wollte, dass Sie mich so sehen, wie ich arbeite. Nicht, dass Sie später einen Schreck bekommen!«
Sie rückte mir den vordersten Küchenstuhl zurecht. Der Sitz war gepolstert und aus grünem Samt. Wie in einem Kaffeehaus. Sehr bequem.
»Habe ich selber gestopft«, sagte Putzi. »Der Samt war mal gerissen. Ich bin sehr gut im Reparieren!«, und schob mir einen Teller mit kandierten Orangenscheiben hin. »Die sind aus dem KaDeWe. So hervorragende gibt's sonst nirgends.«
Ich nahm eine aus Höflichkeit.
»Ingwer-Ananas-Tee?«, fragte sie. »Frisch aufgebrüht! Oder vielleicht ein Schnäpsle? Purer Sauerstoff.« Und da ich darauf offenbar ein ziemlich verständnisloses Gesicht machte, fügte sie hinzu: »Natürlich nur, wenn Besuch da ist. Köstlich.«
Ich schüttelte den Kopf.
Sie verzog den Mund. »Nicht wenigstens eine ganz kleine Williams Birne? Die beste. Aus der Schweiz! Ich möchte Sie doch gebührend begrüßen.«

»Danke, aber um diese Uhrzeit habe ich noch nicht viel übrig für harte Getränke.«

»Dann vielleicht einen Kaffee? Mein Automat hat ein ›Sehr gut‹ bei Stiftung Warentest. Und er spricht! Meine Antworten versteht er noch nicht. Aber daran arbeiten wir, gell mein Kleiner?« Sie strich dem Automaten liebevoll über die Chromkante. »Er kriegt nur gutes Wasser. Leitungswasser, aber gefiltert! Der Filter war Testsieger bei Öko-Test. So viele Hormone und Arzneien im Trinkwasser, könnte man glatt als Verhütungsmittel verabreichen. Auch ein Glas?«

»Lieber einen Kaffee. Danke.«

Sie wusch eine Tasse aus, schob sie unter die Düse und drückte ›Start‹.

»Programm zwei läuft«, verkündete der Automat mit blecherner Stimme.

»Ich musste Sie googeln«, sagte Putzi, »als Schauspieler kannte ich Sie nicht.«

»Tja …«

»Aber Ihre Fotos haben mir gefallen. Zumindest das eine auf Facebook.«

»Sie sind bei Facebook?«

»Ich arbeite multimedial. Das ist die Zukunft, gell? Und zu Ihrer Karriere habe ich auch eine Meinung.«

»Aha.«

»Ich sage immer, bei YouTube aufzutauchen ist keine Kunst. Aber im Fernsehen. Das hat Niveau!«

Mir fiel keine Replik ein.

»Ich sage auch immer, ich bin zwar schwer von Gewicht, habe aber eine leichte Seele, gut, gell?«

Ich nickte.

»Und wenn mich jemand ärgert, dann sage ich immer: Ich bin zwar dick und könnte abnehmen, aber du bist doof, und da kann man gar nichts machen.«

Sie lachte. Voluminös. Ihr Körper vibrierte dabei wie der einer dicken Opernsängerin, wenn diese im Schweiße ihres Angesichts die Koloratur hoch- und runterrast. Ich erschrak ein wenig ob der gewaltigen Kapazitäten ihrer Lunge und hielt mich reflexartig am Tisch fest. Aber sie schien das gar nicht zu bemerken, so sehr amüsierte sie sich über sich selbst.

Meine Putzi kann über ihre eigenen Witze am lautesten lachen.

Ich reichte ihr mein Taschentuch. »Zucker?«, fragte sie und trocknete sich die Tränen. »Weiß oder Rohrzucker? Oder glauben Sie etwa an Süßstoff?«

»Schwarz bitte.«

»Ein Schwarztrinker!«

Vor mir brannte eine Lavendel-Duftkerze. Daneben stand ein frischer Strauß Lilien.

»Ich kaufe mir jede Woche frische Blumen«, sagte Putzi.

»Das habe ich auch mal ne Zeit lang gemacht«, antwortete ich, »aber dann kam ich mir vor, als würde ich mich selbst im Krankenhaus besuchen.«

»Was für Blödsinn. Aber jedem Tierchen sein Pläsierchen. Dann bringe ich eben ab sofort welche mit. Ich habe ja einen grünen Daumen, müssen Sie wissen!«

Auf einem schmalen Regal über der Fliesenkante waren unzählige Gläschen mit getrockneten Kräutern aufgereiht, alphabetisch geordnet, von Anis über Blaumohnsamen, Lavendelblüten und rosa Pfefferbeeren bis Zimt.

Meine Putzi ist eine Kräuterhexe.

Daneben allerlei Küchenhelfer wie Schneebesen, Muskatreibe, gehäkelte Topflappen und zwischen all dem eine billige Kopie der Oscar-Statue: ›For the best Putzlady ever‹ stand auf dem Sockel.

Auf der Fensterbank zwischen Porzellan-Nippes und üppigen Zimmerpflanzen steckten in mit Wasser gefüllten

Schnapsgläsern Kugeln aus schwarzen Jutesäcken mit drolligen Gesichtern und Frisuren aus echtem Gras. Eine war mit Nasenring geschmückt, die anderen mit Ohrclip, Fliege oder Schnurrbart.
»Meine Grasneger«, erklärte Putzi. »Meine Freundin Liane und ich wollten damit groß rauskommen. Originell, gell? Und hundert Prozent Bio! Eine Schweinearbeit. Waren der totale Hit auf dem Kunstmarkt Neukölln. Bis sich eine Kundin an dem Begriff ›Grasneger‹ störte. Dabei hatten wir den gar nicht selbst verwendet. Wären überhaupt nicht auf die Idee gekommen. Nie. Aber eine unserer Käuferinnen meinte: ›Wie niedlich, die kleinen Grasneger!‹ Danach hieß es nur noch, ›Wir wollen auch so nen Grasneger‹. Das hat der Marktpächterin nicht gefallen. Politisch unkorrekt, meinte sie und erzählte, sie sei nicht achtzehn Jahre lang mit einem Marokkaner verheiratet, um ihren Kunstmarkt in einen Umschlagplatz für rassistisches Spielzeug abgleiten zu sehen. Wir protestierten natürlich, aber da hatte sich der Sturm schon formiert. Mit Unterschriftensammlung und Transparenten und so. Im Grunde wollte man uns nur unseren lukrativen Stand entziehen, um ihn anderweitig zu vermieten. Aber vorgeschoben hat man, dass die Nasen negroid wären und die Figuren despektierlich. Da nützte es auch nichts, dass wir weiße, gelbe und orangene Grasneger als Ausgleich herstellten. Gekauft wurden eh nur die schwarzen. Es half auch nicht, dass Lianes Freundin vorbeikam. Die ist mit einem Angolaner zusammen, und der fand die klasse, die Grasneger. Liane und ich galten ab sofort als Rassisten und waren nicht länger geduldet. Die Liane war richtig verletzt und hat selber schon angefangen zu glauben, es hätten sich über Nacht die Nazigene ihrer Eltern durchgesetzt. Niemals vorher sei sie sich selbst so fremd gewesen, erklärte sie. Die Arme. Das hat mich ganz traurig gemacht. Obwohl ich ja schon seit Lan-

gem beschlossen hatte, fröhlich durchs Leben zu laufen. Wir lassen uns doch von so einer Kotzkuh nicht aus der Bahn werfen, hab ich der Liane gesagt. Dann ist die Welt halt noch nicht reif für unsere Grasneger. Hauptsache, wir haben Freude an ihnen. Aber so einfach ist das natürlich nicht, mit meinem Vorsatz der Fröhlichkeit. Man kann sich ja auch nicht selber kitzeln.« Putzi seufzte.

Rechts über dem Tisch hing ein Kruzifix. Putzi folgte meinem Blick. »Ich bin spirituell.« Dahinter, auf dem Kühlschrank links außen thronte ein kleiner Buddha aus Jade (Putzi hat drei Kühlschränke: einen nur für Flaschen, einen für »normal« und eine extra Kühltruhe, »wegen dem Einfrieren meiner Pilze und der selbst gefangenen Fische aus Norwegen!«). Putzi berührte den Buddha liebevoll am Kopf. Eigentlich hatte sie dieses Jahr mit ihren Poker-Freundinnen Liane und der dicken Karin von Karin's Eck, der Kneipe unten im Haus, nach Thailand in Urlaub fliegen wollen, erzählte sie, aber dann war sie beim Pilzesuchen im Tegeler Forst vom Moped gefallen, hatte sich arg ihr Knie verletzt, und jetzt waren die Freundinnen ohne sie verreist.

»Pilze suchen?«

»Meine Leidenschaft. Seit die Mauer weg ist, rennen alle nur noch in die Wälder Brandenburgs, aber ich bleibe. Hier kenne ich mich aus wie in meinem Hosensack.«

Dummerweise sei nun auch ihr Moped kaputt, und sie lehne es kategorisch ab, mit der BVG zu fahren, »Proletenraupe«, schimpfte sie.

Meine Putzi ist etepetete.

Und bevor sie sich samt ihres fülligen Selbst zu Fuß auf den Weg mache, würde ihr Rüdiger, ein befreundeter Taxifahrer, helfen und sie in den Wald oder zur Arbeit fahren. »Nicht ganz selbstlos, weil der Rüdiger nur rauskriegen

will, wo meine Pilzplätze sind.« Aber wenn der mal keine Zeit hätte, wegen seiner Alten, die sei nämlich chronisch eifersüchtig, wenn der Rüdiger also nicht dürfe, müsste ich mich halt erbarmen, wie bitte schön käme sie, Putzi, sonst zu mir nach Moabit, sie sei mit ihren einundsechzig Jahren ja schließlich nicht mehr die Jüngste.
Damit wäre sie, überlegte ich, zumindest meines Wissens, die einzige Putzfrau mit Chauffeur, und ich Auftraggeber und Bediensteter in Personalunion.
Meine Putzi ist anspruchsvoll.
Sie putzt nicht bei jedem. Sowieso nur bei Junggesellen, nur im Westen von Berlin und in gepflegten Altbauwohnungen in der ersten oder zweiten Etage. »Aber dafür lese ich im Schmutz wie andere im Kaffeesatz oder in einer Kristallkugel oder wie die von CSI im Müll, um den Mörder zu überführen. Zeigen Sie mir Schmutz, und ich identifiziere Ihnen den Verursacher. Gewisse Arten von Dreck verweisen einfach auf gewisse Typen Mensch.«
Ich versuchte, mir Putzi als Forensiker vorzustellen in einer neuen Show, nicht CSI, sondern CSP, ›Crime Scene Putzi‹.
»Man darf natürlich nicht verallgemeinern«, fuhr sie fort, »aber es gibt bestimmte Indizien. Abspülen ohne Abtrocknen, das Bett ungemacht liegen lassen, nur Getränke im Kühlschrank deuten auf …?« Sie blickte mich herausfordernd an, »… na?«
Ich zuckte die Schultern.
»Junggeselle. Was sonst! Glasreinigersprühflasche und Mikrofasertuch fürs Fenster: eindeutig Wessi! Spiritus und Zeitung: Ossi! Auslegware in der ganzen Wohnung: über fünfzig!«
Meine Putzi ist eine Quatschliesel.
»Vielleicht sollten Sie damit bei Wetten, dass …? auftreten?«, schlug ich vor.

»Gute Idee!«
Ich pulte an dem heißen Wachs der Duftkerze.
»Haben Sie etwas dagegen, wenn ich die Kerze woanders hinstelle?«, fragte sie mich und brachte sie in Sicherheit.
»Wer ist das?« Ich zeigte auf ein Foto, das Putzi in Jung mit einem älteren Herrn zeigte.
»Adorno.«
»*Der* Adorno?«
Putzi nickte. »Meine Freundin Liane glaubt, Adorno wäre Gründungsmitglied von Adoro. Ich lasse sie in dem Glauben, das freut sie nämlich ganz wahnsinnig, dass ich persönlich jemanden von Adoro kenne. Habe ihr schon eine Autogrammkarte gefälscht, ›dein Adorno von Adoro‹, im Fälschen bin ich spitze, im Fall von Liane habe ich allerdings ein ganz schlechtes Gewissen.«
»Kann ich mir vorstellen.«
»Aber Liane ist happy.«
»Wo haben Sie denn Adorno kennengelernt?«
»In Frankfurt. Ich war dabei damals! Kannte sie alle. Schauen Sie!«
Sie zeigte auf eine andere Fotografie, auf der sie, ähnlich jung wie auf dem vorherigen Bild, nun umringt von einigen mehr oder weniger gleichaltrigen Männern, dem Betrachter breit entgegenlachte. Ihr Blick war offensichtlich schon damals so offen wie jetzt, wo sie mir gegenübersaß.
»Die Putztruppe …«, erklärte sie, »spielten Weltrevolution und waren doch nur kleine Jungs auf Partytour. Sauber gemacht habe immer nur ich.« Ein trauriger Unterton schlich sich in ihre Stimme. »Im Wienerwald am Hauptbahnhof habe ich damals gearbeitet und die Jungs nach Feierabend mit den Resten versorgt. Schmarotzer. Ich war die Einzige, die g'schafft hat. Die andern bekamen Geld von zu Hause. Wirtschaftswunderkinder. Ständig wurde diskutiert, aber kontrovers war das eigentlich nie. Nur ein sich gegenseiti-

ges Überbieten, und nix kam dabei raus. Ich fand's langweilig. Aus fast allen ist was geworden. Wirtschafter, Politiker. Die Einzige, die dem Namen Putztruppe heute noch Ehre macht, bin ich.«
»Und dennoch lächeln die hier noch von der Wand.«
»Ich bring's nicht übers Herz, sie abzuhängen. Wir wollten doch die Welt verändern.«
Meine Putzi ist eine Idealistin.
»In letzter Zeit«, sagte sie, »verspüre ich so einen Drang, meine Erinnerungen an diese Jahre zu ordnen. So viel wird darüber berichtet. Und dann die ganzen Verfilmungen, dass ich bald gar nicht mehr weiß, was wirklich war. So viel war nämlich gar nicht.«

Vor ihrem Küchenfenster hat Putzi eine Konstruktion aus einem Drahtkorb und Halterketten angebracht, ausgelegt mit Erde, damit das Wasser ablaufen kann. »Mein Vorgarten. Für meine Freunde, die Vögel. Keine Nischen und Luken in der modernen Großstadt. Furchtbar. Da ist man doch verpflichtet; da muss man sich doch kümmern.«
Meine Putzi ist eine Lebensretterin.
»Und bei mir kommen ja nicht nur Spatzen, sondern auch Amseln, Meisen, Grünlinge, Rotkehlchen, Stare, Nebelkrähen, Elstern. Mich besuchen manchmal sogar Eichelhäher, ein Pärchen. Weil sie mein Futter so lieben. Nicht einfach aus der Tüte. Nein. Ich brate es kurz in Kokosfett an, lasse es erkalten und forme dann Kugeln, die ich rauslege, damit die Kleinen im Winter genügend Fettreserven haben. Riecht köstlich. Soll ich Ihnen was einpacken?«
Ich schüttelte den Kopf.
»Äpfel gibt's auch. Än Äpple ä day keeps the Doctor äwäy. Jeden Tag än Äpfele, brauchst kein Doktor. Und Eier, rohe, Bio. Und Rosinen. Als Leckerli. Nicht alle essen alles, gell?«

Ich betrachtete die Plattform aus Edelstahl. Genügend Fläche, damit auch größere Vögel sich trauten zu landen. »Mein kleines Kräutergärtle. Die Natur vorm Fenster«, sagte Putzi, »da können sich die Augen erholen. Und der Geist natürlich auch.«
In der Mitte ein Vogelhaus. Daneben ein künstlicher Miniaturweihnachtsbaum mit Lichterkette. »Mein persönlicher Leuchtturm. Der strahlt das ganze Jahr. Wenn man alt wird, meint man eh, es sei ständig Weihnachten!« Sie servierte mir den Kaffee und verbesserte sich: »Wenn man älter wird, ich werde älter, nicht alt! Wollen Sie nicht ein Stück Kuchen? Ich habe gestern gebacken! Apfel-Streusel. Ich mache hervorragenden Kuchen.«
Sie bückte sich, um die Kühlschranktür zu öffnen. Das Hinunterbeugen fiel ihr schwer.
»Brauchen Sie Hilfe?«
»Um Gottes willen nein. Das ist mein Dauerzustand. Kein Problem. Meine Gelenke schmerzen zwar, mein linkes Knie ist kaputt, aber der Motor läuft. Nur die Karosserie rostet.«
Zum Beweis schob sie den Ärmel ihres T-Shirts über die Schulter, winkelte den Arm an, ballte die Hand zur Faust und ließ den erschlafften Trizeps träge hin und her schlenkern. »Früher war ich eine Botero-Figur, üppig, sinnlich und straff, ein BummBumm-Geschoss, heute bin ich ein DummDumm-Geschoss, nur noch üppig.«
Ich überlegte, wie sie bei ihrem Gewicht putzen könnte, ob sie, einmal auf den Knien, auch wieder hochkommen würde und ob man ihr überhaupt zumuten dürfte, auf eine Leiter zu steigen. Als ob sie meine Gedanken erraten hätte, sagte sie: »Keine Sorge. Jahrelanges Training und eiserner Wille. Ich habe meinen Körper im Griff. Wir haben uns miteinander arrangiert. Da sind nur Kleinigkeiten, die mir an mir missfallen. Mein Arbeitsarm ist kräftiger als der lin-

ke, ich probiere auch öfter mal zu wechseln, aber na ja, rechts geht halt schneller. Und meine Finger gefallen mir nicht. Richtige Wurstfinger!« Sie streckte mir ihre Hände hin. »Wenigstens kriegen die jedes Glas auf.«

Mir schwirrte der Kopf. Dabei hatte ich gar nichts getrunken. Hätte ich bloß die Williams Birne akzeptiert. Dann hätte ich zumindest eine Begründung für meine Verwunderung. Als halbwegs Kreativer bilde ich mir ein, mich mit Verrückten auszukennen. Aber in Putzis Welt flogen mir Grasneger, Adorno, Streuselkuchen und BummBumm-Geschosse so unvermittelt um die Ohren, dass ich die Orientierung verlor.

Jetzt führte sie mich durch ihre Wohnung den schmalen Flur entlang, vorbei am Bad mit einer auf silbernen Füßen frei stehenden Wanne, auf die sie mich aufmerksam machte: »Wenn die reden könnte«, sagte Putzi und zwinkerte mir zu. Vor der nächsten Tür links blieb sie kurz stehen. »Hier wohnt Erwin, mein Untermieter. Der ist Tänzer. Hat nur noch ein Bein. Tanzt aber immer noch. Auf meinen kleinen Piraten ist Verlass. Ist ein ganz Sauberer. Sonst würde er auch nicht bei mir wohnen. Den Erwin habe ich abgecheckt. So wie ich Sie abchecke.«

Dann öffnete sie mir ihr Schlafzimmer und ließ mich eintreten. Ein kleiner, verwohnter Raum, vollgestopft mit viel zu viel Möbeln und Krimskrams. Das krasse Gegenteil von meiner Einrichtung zu Hause, die eigentlich keine ist, da ich ja nur das Allernötigste besitze: Tisch, Schrank, Bett – womit auch schon mein gesamtes Inventar aufgezählt wäre – und viel Platz drum rum. Aber hier: Regale vom Boden bis zur Decke, voll mit Schallplatten und Büchern, Erinnerungsstücken, bunten Vasen, Stofftieren und Knetfiguren mit mächtigen Phalli. In der Ecke tickte sehr laut eine Kuckucksuhr. Da standen ein grünsamtener Fauteuil samt Fußhocker, zwei gelebte braune Ledersessel, die sich mit deutlichem Abstand gegenüberstanden wie bei einem Therapeuten, ein wuchtiger Fernseher, noch aus den Achtzigern, ein schwerer Couchtisch mit Marmorplatte. Ich ließ meine Hand über die Regale gleiten und spürte die Bücher unter meinen Fingern. Kein Staub.

Putzi blieb im Türrahmen stehen, lehnte sich, die Hände in die Hüften gestemmt, mit ihren breiten Schultern dagegen und wies auf ihr Bett. »Schau'n Sie, ein Wasserbett!« Offenbar ihr ganzer Stolz. »Das ist ein Freiflutbett, also ein nicht gedämmtes. Eine Wiege. Fühlt sich an wie im Mutterleib. Und es gluckert nicht. Auch gut für den Sex im fortgeschrittenen Alter. Muss man nicht viel machen, man schubst sich nur kurz an, dann geht der Rhythmus von ganz alleine. Wobei …«, sie überlegte, »seemannstauglich veranlagt muss man schon sein wegen der Balance, sonst haut's einen über Bord.«

Ihre plötzliche Vulgarität schockierte mich. Sie kam aus heiterem Himmel, aber Putzi lachte über die Vorstellung, in ihrem Wohnzimmer zu kentern, wie ein junges Mädchen.

Das Bettzeug war mit Kühen bedruckt, einer ganzen Herde. »Designerbettwäsche. Ich liebe Kühe. Man sagt immer ›die dumme Kuh‹. Aber das stimmt nicht. Kühe sind nicht dumm. Die sind mir einfach sympathisch. Nicht gewalttätig, finden alleine zum Stall zurück, geben Milch. Ich mag auch Schweine. Nur ein Schwein sieht nicht so hübsch aus wie ne Kuh. In Schweinebettwäsche würde ich auch nicht schlafen wollen.«

An der Decke leuchteten Phosphorsterne. Auf dem Nachttisch stapelten sich Tigerbalm, antiquierte Puderdosen, Duftprobenfläschchen, Räucherstäbchen und der erste Teil der Vampirsaga *Bis(s) zum Morgengrauen.* »Ich wäre auch so gerne in einen freundlichen Vampir verliebt«, sagte Putzi. »Vorgestern habe ich mir die Version im Kino angeschaut. Der Robert Pattinson ist schon ein knackiger Bursche. Nicht so kernig wie der Russell Crowe, aber für einen Vampir sehr knusprig.«

»Ich finde, der Typ hat immer so was Ungewaschenes an sich.«

»Zu sauber ist auch nicht gut.«

»Das sagen Sie als Putzfrau?«

»Man muss auch mal alle fünfe grade sein lassen.«

»Aha.«

»Wenn Sie wünschen, schaue ich mir den Film gerne noch mal mit Ihnen an. Wollen Sie?«

»Danke, ganz reizend, wirklich, aber ich stehe weder auf Vampir- noch auf Teeniefilme.«

»Dann vielleicht die Fortsetzung? Läuft ab Winter. Da sind die Kinder dann schon älter, und es gibt auch Werwölfe.«

»Vielleicht.«

»Wie schön.«

Dann erklärte mir Putzi die verschiedenen Knöpfe der Fernbedienung zu ihrem Bett: »Heizung. Massage. Wellengang«, und schilderte en detail die Vorzüge ihres Wasserbettes gegenüber einer herkömmlichen Matratze, gleichermaßen unter Berücksichtigung der gesundheitlichen als auch der lustgewinnenden Aspekte. Wobei Putzi hier keinerlei Unterschiede sieht. »Was gut ist für die Libido, ist auch gut für die Gesundheit, gell?« Fast vierzig Minuten dauerte der Vortrag. Ohne Übertreibung – ich hatte eine klare Sicht auf die Kuckucksuhr. Putzi hat mir natürlich alles viel ausführlicher berichtet, als ich es hier zusammenzufassen vermag.

»Ich habe so beunruhigende Träume, manchmal«, sagte sie. »Dann zieht so eine heftige Sehnsucht durch meine Brust, dass mir ganz eng wird, und dann liege ich wach und schaukele in meinem Wasserbett, bis die Angst weg

ist. Ich lasse auch immer den Fernseher laufen, damit ich mich nicht so alleine fühle. Wenn ich mal weg bin, können Sie hier schlafen. Wollen Sie?«
»Sehr freundlich. Vielen Dank. Aber ich werde schnell seekrank.«
Sie strich mir über den Ärmel meines Jacketts. »Schick!«
»Danke.«
»Mit edler Garderobe kenne ich mich auch aus. Ich hätte Stylistin werden können. Übrigens, ich weiß Ihren Vornamen nicht.«
»Max.«
»Ich darf Sie doch Max nennen, gell?«
»Sicher.«
»Es freut mich, Ihre Bekanntschaft zu machen, Max.«
Dass sie mich jetzt mit Vornamen anredete und dabei weiterhin siezte, war gewissermaßen das Entree für ihre Zugangsbefugnis in mein Leben, denn viel privater, als dass jemand einem die Laken wechselt, könnte es ja nicht werden, dachte ich damals und fragte: »Bin ich Ihnen denn nun sympathisch?«
»Würde ich Ihnen sonst mein Wasserbett anbieten?« Ihr dunkles Lachen brach wieder los, und ich lachte unversehens mit. Ich dankte ihr herzlich und verabschiedete mich – doch nicht bevor ich Putzi meinen Ersatzschlüssel ausgehändigt hatte. »Sonst hat niemand einen Schlüssel zu meiner Wohnung.«
Putzi ging in die Küche und holte einen Schlüsselanhänger aus Plastik in Form eines Herzens. In Rot. »Sie sind eigentlich ein Blau-Typ«, sagte Putzi, »aber Sie haben Herz.« Darauf schrieb sie meinen Namen und dahinter ein Ausrufezeichen, ganz dick, als wollte sie damit unser gegenseitiges Einvernehmen besiegeln. »Die zufällige Begegnung mit einem fremden Menschen kann das ganze Leben verändern«, sagte sie, »wobei ich gar nicht an Zufall glau-

be. Nur an Schicksal! Und fremd fühlen Sie sich sowieso nicht an.«

Zum Abschied bekam ich sowohl eine Umarmung als auch einen Kuss. Eigentlich drei. Rechts, links, rechts. »Ich bin vom Bodensee«, sagte Putzi, »gleich gegenüber von der Schweiz. Da küsst man dreimal. Also darf ich das auch.« Damit schloss sie die Tür.

Putzi hatte beschlossen, mich zu mögen. Uneingeschränkt. Bedingungslos. Mit Wucht. In dieser Unabdingbarkeit lag etwas Kindliches, das in mir ein unverhofftes Gefühl wachkitzelte – Geborgenheit. Und so wurde die Putzfrau Marianne Schneider – die mit ihren Füßen so fest auf dem Boden steht, als hätte sie nicht zwei, sondern drei, deren Rüstung ihr Optimismus und deren stärkste Waffe ihre Schnauze ist – mit ihren dicken Armen für die Arbeit und ihrem prallen Herzen fürs Übrige – Teil meines Lebens.

DUSCHVORHANG À LA MARIANNE

Man kann Putzi getrost die Aufsicht über Haus und Hof überlassen, wenn nötig auch die über die Handwerker.

Meine Putzi ist eine Kontakterin.

Sie verfügt über beste Beziehungen zu Klempnern, Fensterputzern, Kfz-Mechanikern, Chiropraktikern, Gemüsegroßhändlern, Programmierern, zu Adi, dem Sportwettenguru Berlins, und Hotte, dem Platzwart von Hertha, und sie hat bei ihren Männern unerschöpflichen Kredit. Ihrer Aura aus Feldwebel, Glucke und Puffmutti können sie nur schwer widerstehen. Außerdem behauptet Putzi von sich selbst, sie bereite »das beste Frühstück der Stadt!« zu. Bei dem Wort ›Frühstück‹, markierte sie Anführungszeichen in der Luft und fügte sogleich hinzu: »Aber da gibt's kein Abo drauf!«

Meine Putzi ist eine sexuelle Nomadin.

Wobei ihr wichtig ist zu betonen, sie sei kein Chauvi, »promisk ja, aber kein Chauvi!«.

»Haben Sie viele Männer gehabt?«, habe ich sie einst gefragt.

»Was ist für Sie ›viel‹?«

»Weiß nicht.«

»Ihrer üblichen Prüderie nach zu urteilen, meinen Sie sicherlich, ich hatte viele, sehr viele. Und in der Tat, das hatte ich. Aber bei den meisten frage ich mich im Nachhinein, warum bloß.«

»Ja, warum?«

»Man sucht nach dem Glück, aber dann wacht man auf wie nach einem Kaufrausch bei H&M und stellt fest, nach zweimal waschen ist alles hin. Von Bedeutung waren vielleicht drei, höchstens, und einer ganz besonders. Aber

wenn Sie mich fragen würden, wie vielen *ich* von Bedeutung war …«
»Also gut, wie vielen?«
»Allen. Außer einem. Dem Einen.«
»Das klingt traurig.«
»Eines habe ich gelernt: keine Erwartungen haben! Und ich erwarte, dass die Herren ebenso frei davon sind. Man darf von keinem Mann erwarten, dass er einen glücklich macht. Aber eine flüchtige Illusion ist niemals zu verachten.«
»Wollen Sie nicht mehr?«
»In meinem Alter hat man gelernt, dass man das Verlangen, jemanden ganz zu besitzen, nie völlig loswird. Das ist ein Trieb. Den hat man einfach. Kann man nix machen. So wie das Vorhaben scheitern muss, künftig auf das zweite Glas Wein zu verzichten. Man will das Zusammengehören festtackern. Das hat mit der Angst vorm Alleinsein zu tun, verstehen Sie, Max? Der andere soll sie uns wegnehmen, diese Angst. Ich bin aber auch zu alt, um nicht zu wissen, dass meine Frühstücksbekannten dazu nicht in der Lage sind. Bis auf den Einen. Aber der kommt schon lange nicht mehr zum Frühstück.«
»Klingt spannend, wer ist das?«
»Schluss mit der Fragestunde!«
Meine Putzi ist eine Rätselhafte.

Putzi liebt es, zu dekorieren und mich mit Selbstgebasteltem zu überraschen.
Meine Putzi ist eine Kreative.
Der Schrank meiner Wohnung ist mittlerweile mit Stoff ausgelegt und mit Lavendelbeuteln bestückt, die Stühle neu bezogen und mein Esstisch abgeschliffen und geölt. Eines Tages saß ich nichtsahnend auf dem Klo, guckte so nach rechts und erschrak, denn ich sah mich unvermittelt

mit einem mir völlig unbekannten Duschvorhang konfrontiert – quietschgelb –, dessen Außenseite mittels Heißkleber mit allerlei Muscheln, Seepferdchen und Glitzersteinen verziert war.
Ich bin Purist. Ich hasse Gelb. Ich hasse Duschvorhänge. Und Glitzer erst recht.
Natürlich habe ich Putzis Werk gelobt und sie dennoch veranlasst, es zu demontieren: »Entschuldigen Sie, liebe Marianne, toll Ihre Mühe, echt kreativ, wirklich, ganz besonders, sehr eigen, beinahe ein Kunstwerk, nicht nur ›beinahe‹, nein, wirklich, ein Kunstwerk! Aber könnten Sie sich eventuell vorstellen, vielleicht, ich mein, nur als mögliche Möglichkeit in Betracht ziehen … also, der Vorhang ist ja nun wirklich schwer zu reinigen, könnten Sie es in Anbetracht dessen wieder so wie vorher machen … bitte?«
»Auf Komfort legen Sie offenbar keinen Wert?«
Ich schüttelte den Kopf. Sehr zaghaft. Aber die Message saß.
»Ich wollte Ihnen doch nur eine Freude machen!«
Ich sah, wie sich ihre Augen vor Enttäuschung weiteten. Das zerriß mir fast das Herz, und so einigten wir uns darauf, einzig die Muscheln, Seepferdchen und Glitzersteine zu entfernen. Der gelbe Vorhang schmückt noch immer mein Bad.

Ein anderes Mal hatte mir Putzi aus Kaminholzschachteln ein Kommödchen für meine Kondome gebastelt und auf meinem Nachttisch platziert, das Innere mit Krepppapier ausgeschlagen, »damit sie trocken lagern«. Sobald eines zu ersetzen gewesen wäre, was seit etlichen Monaten nicht mehr nötig war, wollte sie das unaufgefordert und stillschweigend übernehmen. Allerdings kauft sie immer die günstigen von Schlecker. »Stiftung Warentest sagt, die sind mindestens genauso gut!« Denen traue ich aber nicht, daher habe ich mittlerweile ein eigenes Versteck für meine teuren

Qualitätskondome. In meinen Reitstiefeln. Und damit Putzi nicht misstrauisch wird, entferne ich von Zeit zu Zeit eines der ihren aus dem Kommödchen, das macht sie dann doppelt glücklich, da sie zum einen annimmt, ich hatte was für die Seele, zum anderen, da sie es wieder auffüllen kann.
Meine Putzi ist eine Umsorgerin.

Meine zwei Pornovideos, ein Geschenk zum Dreißigsten – mein Kumpel Guielmo hat mir in mühevoller Kleinstarbeit aus verschiedenen Filmen die besten Dienstmädchen-Szenen zusammengeschnitten, total rührend, Guielmo weiß nämlich um meinen Fetisch um fesche Dienstmädchen, der mir, ganz ehrlich, erst jetzt in diesem Zusammenhang und zum ersten Mal als etwas bedenklich aufstößt, und ich schwöre, mit der tatsächlichen Putzi hat das so wenig zu tun wie Goldfische mit Straßenbahn, und ich überlege mir deshalb ernsthaft, diesen Passus gleich wieder zu streichen, da sonst zu befürchten ist, dass Putzi demnächst in Dienstkleidung mit Häubchen und Spitzenschürze um mich herumtänzelt –, jedenfalls hat mir Putzi diese Videos, bei denen ich mittlerweile jeden Stöhner auswendig kann – und ja, es handelt sich noch um VHS-Cassetten –, jedenfalls hat mir Putzi diese mit Tarnumschlägen laminiert, auf denen jetzt Luis Trenker zu sehen ist, wie er schneebedeckte Gipfel erklimmt.
Meiner Putzi ist der Schutz meiner Intimsphäre wichtiger als mir selbst. Obendrein ist sie wie ich im Alpenverein.

Meine Gardinen aus feinster Fallschirmseide, die zugegebenermaßen leicht in die Jahre gekommen sind, mag sie dagegen weniger. »Zu oll, ist ja wie bei armen Leuten. Was sollen denn die Nachbarn denken?«
Ihren Unmut vermittelt sie mir damit, dass sie jede Woche ein paar Zentimeter des Stoffes abschnippelt. Sie meint,

wenn mir erst mal die Leute von Gegenüber aufs Bett schauen, würde ich schon nachgeben und mir neue zulegen.
Meine Putzi nervt.
Aber in dieser Sache bleibe ich standhaft!

Auf dem Fenstersims meiner Küche liegt ihr aufwendig selbst gebundenes Rechnungsheft mit persönlicher Prägung auf dem kartonierten Umschlag – in Form eines Wappens, zwei ineinanderverschlungene Lorbeerzweige, dazwischen Putzis Konterfei. »Dann wissen Sie immer, von wem das Buch ist!« Darin trägt sie akribisch und in Schönschrift den abgerechneten Stundenlohn ein. Das Geld lege ich ihr abgezählt in die Seiten, wie in alten Agentenfilmen, daneben klebt sie dann die Quittungen von Waschpulver und Putzmitteln. Das Heft enthält auch eine Rubrik namens ›Notfallplan für Max, falls ich mal nicht da bin‹, mit extra auf meine Wohnung zugeschnittenen Putzanweisungen, für den unwahrscheinlichen Fall, dass Putzi mal verhindert sein sollte. »Also zum Beispiel im Falle des Todes eines sehr engen Freundes oder einer Knie- oder Zahn-OP«, schreibt sie. Daneben sind die Telefonnummern ausgesuchter Bekannter aufgelistet, »zur Überbrückung. Die putzen auch. Mäßig zwar, aber besser als nichts. Es ist also für alles gesorgt. Ich komme wieder!« Wie Chucky, die Mörderpuppe, denke ich mir jedes Mal, wenn ich das lese. Die kommt auch immer wieder.
Ihre Handschrift ist schnörkelig. Sie hat mit roter Tinte geschrieben. Unter ›F‹ wie ›Fleckenentfernung‹ stehen beispielsweise folgende Tipps:

> *Pfirsich: geht erst mit der nächsten Baumblüte raus. Das habe ich von meiner Oma. Die ist hundert Jahre alt geworden und war Köchin in einem Diplomatenhaushalt.*

Eiweiß: mit einer Lösung aus 1 Esslöffel Salmiak und 4 Esslöffel Wasser behandeln, anschließend gut auswaschen
Tee/Kaffee: Backpulver und Gebissreinigertabs in Wasser auflösen und auftupfen
Und wenn alles nicht hilft, ein weiterer Tipp von meiner Oma, eigentlich für die weibliche Kundschaft: Das Schatzkästchen muss sauber bleiben, aber auch für alles andere: Apfelessig!

Unter ›S‹ wie ›Spezialtipps à la Marianne‹:

Messer, Gabeln und Löffel im Besteckkasten immer in Alufolie legen.
Besteck glänzt, wenn man es in kochendes Wasser plus 1 Esslöffel Waschpulver legt.
Stumpfe Gläser werden mit 1 Vitamin-C-Tablette in Wasser aufgelöst wieder klar.
Blinde Gläser mit Essigwasser und roher Kartoffel abreiben.

Wie eine Maskenbildnerin, die für jeden ihrer Schauspieler ein gesondertes Täschchen mit persönlicher Puderquaste und Pinsel bereithält, so besitzt Putzi für jeden ihrer Kunden einen extra Klarsichtbeutel inklusive individueller Utensilien wie Zahnbürste und jeder Menge verschieden kolorierter Lappen, natürlich aus Mikrofaser. »Die schlimmsten Bakterienfallen sind Lappen!« Deshalb nimmt sie sie immer mit zu sich nach Hause, um sie gemeinsam mit Weißwäsche zu kochen. »Fast alle waschen heute nur noch mit dreißig oder sechzig Grad. Aber nur bei fünfundneunzig wird alles abgetötet. Ein Muss! Das bisschen, was man dabei mehr zahlt, gewinnt man an Hygiene, und das ist gut für die Gesundheit! Nur so ist man sicher vor Pilzen, Viren und Bakterien! Ich kenne jemanden, der benutzt Ohrenschmalz, da schwört der drauf, um Edelhölzer auf Hochglanz zu bringen, besser als jede Politur, sagt er, wirkt wie ein Antibiotikum – angeblich. Aber selbst wenn ich wollte, ich hab ja nie Ohrenschmalz. Ich bade eh lieber, als unter die Dusche zu gehen. Wahrscheinlich deshalb. Und mit Olivenöl auf dem Lappen funktioniert es auch. Natürlich nur das kalt gepresste, ›nativ extra‹, nicht irgend so eine gepanschte Plörre!«

Apropos.
Meine Putzi ist eine exzellente Köchin.
Als solche bezeichnet sie sich zumindest selbst. Jedes Mal, wenn ich sie besuche, macht sie mir sofort etwas zu essen, auch wenn ich gerade vom Essen komme, satt bin und protestiere. Egal. Für Putzi gibt es nichts Schöneres, als Freunde und Bekannte zum Essen einzuladen. »Ich liebe Kräuter und Gewürze. Kenne mich bestens aus. Meine Gerichte sind ausgesprochen pfiffig!«
Meine Putzi ist ein Großmaul.
»Griechisches Busch-Basilikum hat gesundheitsfördernde Eigenschaften«, doziert sie, »und Kaffirlimettenblätter in feinste Streifen geschnitten, kurz geschwenkt in Orangenöl aus Israel, sind das Beste für eine reine Haut.«
Meine Putzi ist ein Schweinchen Schlau.
Weshalb ich mich nicht traue, sie darauf hinzuweisen, dass mir ihre Pilzpfanne à la Marianne, der Jägertopf à la Marianne und das Hühnerfrikassee à la Marianne, die sie portionsweise einschweißt und gebrauchsfertig in meinen Kühlschrank deponiert – Quadratisch Praktisch Putzi – samt Gütesiegel und Ablaufdatum – made by Putzi – und wofür sie mir zum Geburtstag extra eine Mikrowelle gekauft hat, nicht wirklich munden. Zu viel Schnickschnack. Was haben Safran und Marzipan im Jägertopf zu

suchen? Was Zitronengras und Nelken in Königsberger Klopsen?
»Sonst wär's doch nicht à la Marianne«, antwortet sie dann, »es soll besonders sein. Das ist wichtig. Das müssten Sie ja schon allein von Berufs wegen verstehen, gell Max!«
Da ich zu feige bin, zuzugeben, dass ich ihre Köstlichkeiten verschmähe und regelmäßig der Toilette anvertraue, füllt sie mir den Kühlschrank jede Woche aufs Neue. Aber: Meine Putzi hat den siebten Sinn.
Irgendwann dämmerte es ihr. Zur Rede gestellt, schwor ich, dass ich keinen besseren Koch kennen würde als sie, aber manchmal verhielte es sich mit ihren Mahlzeiten wie mit dem Theaterspiel. Weniger ist mehr. Und wenn schon Gewürze, gab ich vorsichtig zu bedenken, dann müsste man doch versuchen, die zurückhaltend und raffiniert einzusetzen. Das traf. Putzi kaufte sich Alfons Schuhbecks *Meine Küche der Gewürze* und ging in Klausur. Seitdem bereitet sie ihren Jägertopf mit einer dezenten Estragon-Note und das Hühnerfrikassee ganz klassisch mit Kapern, Spargel und Weißwein zu. Es gibt immer noch Ausgefallenes, z.B. Chili-Bouletten mit Aprikosensenf, was erst einmal irritiert, aber ausgesprochen lecker ist. »Sehen Sie, Max, Sie müssen Ihren Gaumen erst noch schulen. Mein Fehler in der Vergangenheit war, dass ich Sie überfordert habe. Jetzt kochen wir uns Schritt für Schritt in die Haute Cuisine.« Putzis Ego ist wiederhergestellt.

LIANES SCHARFE ZIPFEL

Silvester 2008 habe ich bei Putzi verbracht. Normalerweise feiere ich all on my own mit Jack Daniels und meinem Lieblingskartoffelsalat von Rogacki. Dem ohne Mayo. Finde ich herrlich. Normalerweise. Dann stelle ich mich auf meinen Balkon, in Mantel und Al-Capone-Hut, den ich sonst immer ein wenig prätentiös finde und nur bei Sommerausflügen trage, und nicht, wie es sich eigentlich gehört, auf coolen Partys oder Premierenfeiern, damit ich, wie Putzi meint, auch mal angesagt wirke, »das fehlt Ihnen, Max« – und mache dann mit ausgestrecktem Arm selber Fotos von mir. Vergangenes Jahr wäre ich dabei beinahe rücklings über die Balustrade gekippt, so besoffen war ich, und Toni von der Pizzeria gegenüber, die Sau, hat doch mit seiner Feuerwerkspistole versucht, mich abzuschießen. Aber dabei entstand ein super Foto, ich in Schieflage und knapp an mir vorbei der grüne Raketenschweif. Und der Hut kommt gut!

Dieses Jahr allerdings löste die Vorstellung, alleine zu feiern, ungekannte Panik in mir aus, und ich war froh, als mich Putzi zu sich nach Hause einlud. Ich verbringe ohnehin immer häufiger Zeit in ihrer Küche. Wir lernen zusammen die Texte für meine Rollen, oder sie hilft mir beim Verfassen meiner Kolumnen.

Als ich anfing zu schreiben, dachte ich an Reportagen für National Geographic – darunter ging's nicht –, heute schreibe ich ab und an fürs Schweizer Frauenmagazin ›Annabelle‹: ›Was Frau schon immer über Mann wissen wollte – von mir erfahren Sie es.‹ Wenn die wüssten, dass Putzi meine Co-Autorin ist …

Die Quelle ihrer Erfahrungen scheint unerschöpflich. Sie weiß genau, wie Männer ticken, und kann das auch in

Worte fassen. Die fertigen Artikel schweißt sie ein und hängt sie für ihre Gäste aufs Klo. »Viel besser als National Geographic. Ihre Sachen schafft man wenigstens in einer Sitzung!«

Meine Putzi ist eine Pragmatikerin. Das Hemd ist ihr näher als die Hose.

Vor zwei Jahren kamen die gesammelten Kolumnen dieser Reihe, für die über die Jahre unzählige Autoren geschrieben hatten, als Buch heraus. Mein Name stand nicht auf dem Cover. Das erboste Putzi so sehr, dass ihr ein befreundeter Graphiker Klebebuttons mit meinem Namen entwarf, die alsbald sämtliche Exemplare in Berlin zierten. Sie nahm die Bücher bei Hugendubel und Co. von ihren Pyramiden, drückte meinen Namen drauf und stapelte sie zu den Bestsellern, griffbereit in jedermanns Blickfeld, gleich in die Nähe der Kassen.

Meine Putzi ist ein Spinner, ein Kindskopf, ein Träumer.

Beim Umstapeln half ihr Liane. Die Mitgesellschafterin der Grasneger. Liane hat eine Zahnlücke, so weit, da pfeift der Wind durch. Seit Jahren will sich Liane die Zähne richten lassen, aber dazu fehlt immer das Geld.

Liane ist das sanfteste Wesen, das man sich vorstellen kann. »So sanft, dass es einen wütend macht«, meint Putzi. Und trotzdem hat Liane bereits vor Jahrzehnten mit ihrer Mutter gebrochen.

Als sie ein Kind war, haben sie gemeinsam rübergemacht, aber ihre Mutter ist kurz darauf wieder zurück in den Osten. Ohne Liane. Die kam ins Heim, nach Lankwitz – gleich neben dem Tierheim. Letzteres kennt in Berlin jeder. Das ehemalige Zuhause von Liane gibt's nicht mehr, dennoch fährt Liane jedes Jahr am 1. Mai nach Lankwitz. »Wegen der Kindheit. War ja nicht alles verkehrt.« Erst nach der Wende haben sich Liane und ihre Mutter das erste Mal wiedergesehen. In Pankow. In der Villa ihrer Mutter. Mit einem extra Zimmer voller Schuhe. Woher sie das Geld hatte? Liane fragte nicht. Sie selbst hat keinen Cent gesehen. Nie. Auch nicht in ihrer größten Not, als ein Taxifahrer an ihrer Currywurstbude zusammenbrach, »zu scharf« röchelte und verendete – und die Berliner Boulevardblätter eine Hetzjagd gegen Liane und ihre Bude initiierten, sodass sich die Arme von dem Traum der Selbstständigkeit verabschieden musste.

»Wer kriegt die Schuhe?«, war Putzis erste Frage, als wir vom Tod der Mutter hörten. Haus und Konten gingen an einen Fonds für herrenlose Katzen in Bulgarien und an Die Linke in Deutschland, was, wie Putzi meinte, aufs Gleiche hinauslief. »Und die Schuhe?« Liane zuckte die Schultern.

Also sind wir nachts in die Villa. Haben nichts mitgehen lassen, außer Tüten voller Schuhe in allen erdenklichen Farben und Mustern. Und tags darauf sahen wir zu, wie Lianes Mutter in den Ofen geschoben wurde. Eigentlich hatte sie sich eine Erdbestattung gewünscht, in Friedrichsfelde, neben Wilhelm Pieck und Otto Grotewohl. Tja …

Jetzt steht ihre Urne in Dahlem – westlicher geht nicht!! – in der Nähe von Harald Juhnke. Ihre Mutter anschließend einfach in die Toilette zu kippen, wie Putzi vorschlug, das hat Liane nicht übers Herz gebracht. Zu sanft, die Liane.

Nach der Beerdigung sind wir zu Rogacki. Nicht wie sonst an die Backfischtheke, sondern zur Feier des Tages an den Delikatessenstand. Wir aßen Flusskrebse und tranken Chablis. Und beim Kaffee fing Liane zu weinen an. Putzi wurde so still, wie ich sie noch nie erlebt habe. Und ich wusste nicht, was tun, was sagen. Wir standen einfach nur da, tunkten das Krebsfleich in die Mayo, und über Lianes Wangen rannen die Tränen. Die Icke-Berlinerin, die uns bediente, hielt ihr Gesicht ganz nah an das nasse und durchfurchte von Liane und meinte: »Kindchen, wenn du durch die Hölle gehst, gib Gas, damit du schnell wieder rauskommst«, und schenkte nach.

»Liane ist nie zu faul zum Arbeiten«, erklärte mir Putzi, »aber alles, was sie anfasst, ist zum Scheitern verurteilt. Wollen und Können ist einfach zweierlei, gell Max?«
Dass Putzi mir dabei so zweideutig zuzwinkerte, irritierte mich.
»Überall hinterlässt des Schusserle eine Spur der Zerstörung«, fuhr Putzi fort, »wirklich traurig. Ihr Ding sind halt einzig und allein scharfe Zipfel, Würste, die sind ihre Welt. Liane versuchte sich als Fußpflegerin und rammte prompt einer älteren Dame den Hobel ins Nagelbett. Und Taxifahren verbot sich nach der Nummer mit der Currywurst von selbst. Kurze Zeit arbeitete sie in der Unterwäscheabteilung des KaDeWe, bis sie dabei ertappt wurde, mit Seidenpapier ausgeschlagene La-Perla-Geschenk-Kartons rauszuschmuggeln. Die waren zwar leer, denn sie wollte darin mein Geburtstagsgeschenk verpacken – getrocknete Landjäger mit Trüffel –, aber leer oder nicht leer, egal, es war gegen die Hausordnung. Jetzt habe ich ein total schlechtes Gewissen, weil ich mich mitschuldig fühle, dass Liane gefeuert wurde. Hat sie doch nur getan, um mir eine Freude zu machen. Ich liebe schöne Verpackungen. Das weiß die Liane. Sie nennt mich den Berliner Christo. Allerdings hätte ich den Reichstag ein bisschen fröhlicher umhüllt. Mehr so in Bunt. Ich kann ja selber auch hervorragend dekorieren.«
»Ich weiß!«
»Hätte Dekorateur werden können. Die Liane ist nicht so kreativ. Dafür nehme ich sie manchmal mit zum Putzen.«
Oder mit in Berlins Buchhandlungen, um die Verkaufszahlen meines Buches nach oben zu treiben.

Auch für meine Schauspielkarriere legt Putzi sich mächtig ins Zeug. Obwohl sie vom Bodensee stammt, ist sie Hertha-Fan und besucht die Heimspiele im Olympiastadion. Regelmäßig lässt sie in der Pause meinen Namen ausrufen, damit er sich bei den bis zu sechzigtausend Zuschauern einbrennt. »Wissen Sie, Max, der stete Tropfen höhlt den Stein!«
Meine Putzi ist eine Kümmerin.
»Wir bringen Ihre Karriere schon noch nach vorne, Sie Laptop-Bohemist! Noch sitzen Sie im Rang …«
»Im ersten oder zweiten?«
»Na ja, halt oben. Aber keine Sorge, wir kriegen Sie schon noch ins Parkett!«
»Sie glauben noch an mich?«
»Immer.«
»Sie haben mich noch nicht aufgegeben?«
»Niemals.«
»Aber …«
»Kein Aber. Manchmal muss man, um sich selber zu besiegen, mit dem Teufel verhandeln.«
»Welchem Teufel?«
»Na, dem Putzteufel. Um die Scheiße wegzukriegen. Schauen Sie!« Sie breitete ihre Arme aus. »Ich bin Ihr Putzteufel!«

Meine Putzi hat Sterne in den Augen, die leuchten, wenn sie etwas wirklich glaubt. Und dann glaubt man auch.

SITZENDE PUTZI, SICH DEN FUSS TROCKNEND

Putzi und ich haben eine Vereinbarung. Da ich als Arbeitgeber weder ein dreizehntes Monatsgehalt noch Urlaubsgeld zahle und auch keine Weihnachtsfeiern ausrichte, spendieren wir uns gegenseitig alle paar Wochen etwas Besonderes. Mal entscheide ich: ins Theater; dann wieder Putzi: ins Konzert. Beispielsweise Roland Kaiser. Ich muss gestehen, dass Letzteres mehr Laune macht. Wer sich ein Bild davon machen möchte, wie Frauen über fünfzig abgehen, dem empfehle ich Roland Kaiser live.

Putzi hatte Karten für die erste Reihe. Bei ›Santa Maria‹ beugte sich Roland Kaiser über die Rampe zu Putzi hinunter und blickte ihr geradewegs in die Augen. »Sie war ein Kind der Sonne. Schön wie ein erwachender Morgen. Heiß war ihr stolzer Blick und tief in ihrem Innern verborgen, brannte die Sehnsucht. Santa Maria …«

»Den Roland kenne ich seit Hitparadezeiten. Da war ich Ankleiderin vom Dieter Thomas Heck«, erklärte Putzi.

Meine Putzi ist eine Märchenerzählerin.

Anfangs überlegte ich noch, ob ihre Geschichten geschwindelt wären. Aber die meisten entspringen tatsächlich einem wahren Kern, na ja, einem Kernchen, einer Kernkeimzelle.

Ein anderes Mal entführte sie mich in die Sammlung Berggruen gegenüber vom Schloss Charlottenburg. Es war bereits 20.00 h und das Museum längst geschlossen. Aber der Besitzer der Sammlung, Heinz Berggruen persönlich, erwartete uns am Eingang.

»Meine liebe Marianne!« Küsschen links, Küsschen rechts. Er war die Höflichkeit selbst.

»Schicker Anzug!«, sagte Putzi errötend.

»Maßgeschneidert.«
»Italien?«
»Paris.«
»Natürlich.«
Der über achtzigjährige Berggruen führte uns an Giacomettis stehender Frau im Erdgeschoss der Rotunde vorbei, über die geschwungene Treppe hinauf in den ersten Stock. Putzi zeigte auf die Statur. »Ich liebe ihre riesigen Füße. So schön standhaft. Unverrückbar.«
Die Lichter des Schlossplatzes schimmerten durch die verhangenen Fenster. Die Dielen knarzten. »Früher war das hier ein Offizierskasino«, erklärte Putzi, »ich stelle mir so gerne vor, wie sich hier die Gesellschaft verlustierte. Mit vorfahrenden Kutschen, rauschenden Roben und knallenden Absätzen.«
Wir blieben vor einem Pastell Picassos stehen: ›Sitzender Akt, sich den Fuß trocknend‹.
»Picasso bezieht sich hier womöglich auf die antike Plastik des Dornausziehers, zitiert aber auch unverkennbar Rubens und die Eurydike von Renoir«, dozierte Berggruen.
»Sieht aus wie eine grob geformte Wachspuppe«, meinte ich.
»Mir nicht unähnlich, gell?«, fragte Putzi.
»In der Tat. Eine gewisse Ähnlichkeit ist nicht zu leugnen«, sagte ich.
»Das Grobe?«
»Ich meinte das als Kompliment.«
»Ich weiß. Das fand Picasso auch«, grinste Putzi.
»Was?«
»Dass ich seiner Muse entspreche.«
»Wie?«
»L'art c'est moi!«
»Netter Versuch, den Roland Kaiser habe ich Ihnen noch abgenommen, aber hier steht: Das Gemälde ist von 1921.«

»Das ist korrekt«, schaltete sich Berggruen ein. »Marianne und ich haben uns im Kreis um Adorno in Frankfurt kennengelernt. Dann sind wir uns unvermutet am Strand von Trouville wiederbegegnet. Wann war das?«

»1970.«

»Genau.«

»Was haben Sie denn in Frankreich gemacht?«, fragte ich Putzi.

»Meinen Vater gesucht.«

»Ihren Vater?«

»Ein Alliierter. Mehr wusste ich nicht. Meine Mutter verweigerte mir jegliche Auskunft. ›Hoffe, es hat ihn der Teufel geholt.‹ ›Dann ist er tot?‹, fragte ich und darauf meine Mutter: ›Das geht dich gar nichts an. Wir alle treffen Entscheidungen im Leben. Dein Vater war so eine. Du musst dich damit abfinden. Ich muss es auch.‹ Ich hatte ein vergilbtes Foto von meinem Vater und einen Nachnamen. Dupont.«

»Den gibt es zu Tausenden in Frankreich«, sagte Berggruen.

»Ich habe mich dennoch auf die Suche gemacht«, sagte Putzi, »irgendwann stand ich jemandem gegenüber, der mein Vater hätte sein können. Der gefiel mir nicht. Ich habe mich umgedreht und bin zurück nach Hause. In Trouville habe ich eine Pause eingelegt.«

»Und ich war dort in Picassos Gesellschaft«, erklärte Berggruen, »wir hatten Marianne erst gar nicht wahrgenommen …«

»Ich war gerade im Meer schwimmen, saß unverhüllt auf einer Strandliege und war dabei, mich abzutrocknen.«

»Wie auf dem Gemälde«, warf Berggruen ein.

»Da rief Picasso: ›Magnifique!‹«

»La Baigneuse«, verbesserte Berggruen.

»Ich hatte keine Ahnung, wovon er sprach, ich kannte ja

das Gemälde nicht, war vollkommen verschüchtert von Picassos Präsenz.«

»Verschüchtert? Sie?«, fragte ich.

»Ich habe glatt vergessen, dass ich nackig war.«

»Ach so.«

»Das wiederum hat Picasso begeistert«, schmunzelte Berggruen. »›Nicht bewegen. Arretez!‹, befahl er, nahm sich meinen Spazierstock und zeichnete Mariannes Umrisse in den Sand, die gleiche Szene wie hier vor uns.«

»Ich hatte mehr Busen und kleinere Hände und die Haare nicht so lang.«

»Aber ansonsten fast identisch.«

»Die Herren setzten sich neben mich auf die Liege, und gemeinsam sahen wir zu, wie die Wellen Picassos Zeichnung umspülten, verwischten und schließlich mit sich forttrugen, zuerst den stehenden Fuß, zuletzt den geneigten Kopf. Weg und hinaus, neuen, fremden Horizonten entgegen. Das war magisch.«

»Magischer wär's gewesen, hätte er Ihnen die Zeichnung auf ihr Handtuch gemalt«, sagte ich.

»Lukrativer, aber nicht magischer.«

ICH BIN DANN MAL PUTZEN

Als Gegenleistung nahm ich Putzi eines Abends mit ins Theater, in eine moderne Interpretation der *Fledermaus.* Das Programmheft wies darauf hin, dass der Chor mit ›echten‹ Hartz-IV-Empfängern besetzt sei. »Könnte ich glatt mitmachen«, meinte Putzi.
Der Chor war nackt. Die Gemächter baumelten. Um die Hälse Schilder mit der Aufschrift ›Hartz IV – das sind wir!‹
»Das Scheitern der anderen ist immer lehrreich«, raunte Putzi in der Pause.
»Meinen Sie die armen Hartz-IVler?«
»Um Gottes willen nein, ich dachte dabei an die saudumme Inszenierung!«
Die Kritik hatte von ›schonungsloser Wahrheit‹ und einem ›Fest der ehrlichen Seelen‹ gesprochen. »Wohl eher nackte Dummheiten«, meinte Putzi, »und überhaupt, was soll das sein, die Wahrheit? Alles Lüge! Eine Gesellschaft, die ihre Zukurzgekommenen in miese Sozialbauwohnungen pfercht und gleichzeitig auf subventionierten Bühnen deren hüpfende Abziehbilder feiert. Was ist denn das für eine Authentizität?«
Sie machte eine Pause, als staunte sie selbst über das, was sie gerade gesagt hatte. Und ich war so stolz auf Putzi, dass sie ohne Stolpern ›Authentizität‹ aussprechen konnte, ich wusste noch nicht einmal, wie man es schreibt.

Im Anschluss an die Vorstellung trafen wir in der Kantine auf ein paar meiner Schauspielkollegen. Putzi bewegte sich unter dem Künstlervolk ohne Zögern und Unsicherheit.
»Was machen Sie denn so beruflich?«, wurde Putzi gefragt.
»Marianne ist eine gute Freundin der Familie …«, antwor-

tete ich zuvorkommend, aber Putzi unterbrach mich: »Putzen. Ich bin Putzfrau!«
»Eine echte Putzfrau? Eine, die sich fürs Theater interessiert. Toll!«
Mir war die Sensationsgeilheit meiner durch und durch bürgerlichen Kollegen ob der Berührung mit dem gemeinen Volk unangenehm. So sehr waren sie bemüht, das ihrer Meinung nach Authentische abzusaugen, sich selbst als Versteher zu geben und Putzi als Studienobjekt auszuschlachten. »Wir spielen ja sonst nur für Zahnärzte aus Dahlem.«
Putzi erfüllte den Theatermenschen ihren Intellektuellentraum vom kleinen Mann, »wenn schon, dann den der kleinen Frau bitte schön«, befriedigte deren Exotensnobismus, indem sie derb wurde und dreckige Witze riss.
Meine Putzi ist eine Rampensau.
Sobald sie Publikum hat, gibt sie dem Affen Zucker. Die Kollegen wieherten. Meine Putzi ist eine Frivole.
»Marianne, Sie sind eine Dame!«, ermahnte ich sie leise.
»Papperlapapp, ich bin keine Dame!«

Aber Putzi hatte das Theater durchschaut. »Theatermenschen sind Spießer«, sagte sie auf dem Nachhauseweg.
»Wieso?«
»Weil eure größte Angst ist, spießig zu sein! Ihr legt pausenlos Wert darauf, hip zu sein. Dabei tanzt ihr so sehr um eure eigenen Befindlichkeiten, dass ihr blind für jene der anderen seid. Obwohl ihr ja angeblich verstehen wollt.« Sie überlegte und verbesserte sich: »Obwohl ihr meint, dass ihr wollt! Wir sind alle so verdammt wichtig, denkt ihr, und lacht dabei ständig lauter als alle anderen, total penetrant, und außerdem, was für ein schäbiger Beruf. Ihr erwartet, dass man euch glaubt, dabei lügt ihr.«
»Wir lügen?«

»Ständig! Von Berufs wegen. Und das schleicht sich dann ins Private – als Kollateralschaden.«
»Was Sie heute für Ausdrücke benutzen. Authentititizität ...«
»Authentizität«, verbesserte sich mich.
»Ja, und Kollateralschaden und so.«
»Ich will ja nicht, dass Sie sich für mich schämen.«
»Das würde ich nie«, sagte ich und wusste, dass ich log, denn mir waren die zutiefst mitleidigen Blicke meiner Kollegen nicht verborgen geblieben. »Jetzt geht der Urlacher schon mit seiner Putze ins Theater.« Und mir klang wieder in den Ohren: Ich hab kein Haus, kein kunterbuntes Haus, kein Äffchen und kein Pferd, und niemand schaut bei mir zum Fenster raus ...‹ Als Rap selbstverständlich. So mit JO JO und EY MOTHERFUCKER KEIN FUCKING HAUS JO JO KEIN ÄFFCHEN EY FUCK KEIN PFERD FUCK JO ...
Wann immer mir etwas unangenehm ist, schiebe ich mir einen selbst getexteten Rap auf meine Festplatte. Um locker zu werden. Das lenkt mich ab.
Putzi hakte sich bei mir unter. »Jetzt gehen wir noch in Karin's Eck. Da gibt's auch Hartz IV, aber angezogen und nicht so würdelos.«

Aber die Neugier der anderen hatte Putzi auf eine Idee gebracht.
Tags darauf lud sie mich zu Königinnenpastete in ihre Küche in der Nähe vom Hermannplatz ein. Leider hatte ich mich verspätet. Liane mit den scharfen Zipfeln, die dicke Karin (von Karin's Eck, der Kneipe unten im Haus) und Putzis Mitbewohner, der einbeinige Erwin, waren schon wieder dabei aufzubrechen. Merkwürdig gackerig kamen sie mir vor. Und Putzi schlug so einen hintergründigen Tonfall an, begleitet von einem an die Lippen gelegten Fin-

ger. Ganz eindeutig: Sie verfolgten einen Plan. Einen Putzi-Plan.
Auf dem Tisch, zwischen den Schüsseln mit Gemüse und Kartoffeln, kreuz und quer eine Unmenge von Zetteln, bemalt, beschriftet und zusammengeknüllt.
»Ich habe mit der Gruppe einen Entschluss gefasst«, eröffnete Putzi das Gespräch. »Nachdem ich den dreien den gestrigen Abend geschildert habe, haben wir nun beschlossen, wir geben diesen Leuten, die so scharf darauf sind, unsereins zu verstehen, was sie wollen, nämlich uns, und schreiben einen Bestseller. À la Walraff. Aus der Ganz-unten-Perspektive. Wir haben gegoogelt. Die größten Erfolge im letzten Jahr waren so Tatsachenberichte wie *Fucking Berlin, Studentin und Teilzeit-Hure* zum Beispiel. Warum nicht … Moment«, sie kramte in ihren Notizen und las vor, »›Putzing Berlin – aus dem Leben einer Vollzeit-Putze‹.« Sie strahlte mich an. »Oder ›Ganz unten. Ich war da!‹ oder ›Ich bin dann mal putzen‹. Wir sollten darüber schreiben, wovon wir was verstehen. Also vom Putzen. Oder vielleicht einen Ratgeber, die verkaufen sich gut: ›Jeder Fleck geht weg. Tipps vom Berliner Putzteufel‹. Was meinen Sie?«
»Ich weiß nicht recht.«
»Sie müssten für unsere Bücher der Ghostwriter sein. Schreiben können wir nicht.«
»Bücher? Was denn, gleich mehrere?«
»Na, wir haben doch alle was zu erzählen, die Liane, die Karin, der Erwin und ich.«
»Wie kommen Sie denn darauf, ein Buch zu schreiben?«
»Das macht doch heutzutage jeder. Seine Lebenserinnerungen rausbringen. Was ein Boxer kann, wo kein Hirn mehr ist, oder ein pubertierender Geräteturner, der gerade mal alle Turnhallen kennt, aber von nix anderem eine Ahnung hat …«

»Wie denn auch, der muss ja abends ins Bett, der Junge, damit er morgens wieder fit ist …«

»Na jedenfalls, das können wir auch. Oder diese alte Henne aus Österreich, die da ein Buch über ihre sexuellen Bedürfnisse schreibt, na also bitte, Max, ich bin zwar erst sechzig, aber was wollen wir wetten, dass ich mehr erlebt habe als so eine?«

»Das mag wohl stimmen, aber …«

»Oder die da mit Heil-Hitler und der Kindererziehung, die Kerner gecrasht hat. Bestseller!! Und ich will Ihnen ja nicht zu nahetreten, Max, aber jeder zweite Schauspieler schreibt, wenn ihm langweilig ist. Oder er singt. Was auch nicht besser ist. Das wollen wir ja gar nicht. Weder singen noch schreiben. Jedenfalls nicht selbst. Wir erzählen, und Sie, Max, Sie schreiben für uns, ne?«

»Ich weiß nicht recht …«

»Wir haben auch schon Titelvorschläge. Für die Liane ›Mit oder ohne Darm?‹, für Karin ›Berlin hochprozentig‹, und der Erwin schlägt vor ›Ich tanze auch mit einem Bein‹. So macht das der Helmut Kohl auch.«

»Was? Tanzen?«

»Dass jemand anderes sein Buch für ihn schreibt. Und dann lassen wir einzelne Stellen nachschwärzen. Wie beim Bohlen. Das treibt die Verkaufszahlen in die Höhe. Und hinten auf dem Klappentext steht dann: ›Marianne Schneider hat an allen dreckigen Orten der Republik geschrubbt.‹ Jeder andere Schreiberling, der mit silbernen Löffeln aufgewachsen ist und auf teure Internate geschickt wurde, betont in seinem Lebenslauf lang und breit, dass er mal in den Sommerferien bei McDonald's gejobbt hat oder Taxi gefahren ist, ach Gottchen. Wir haben so viel zu erzählen, da können wir Fortsetzungsromane draus machen, eine Telenovela, ein Musical!«

»Aber warum?«

»Warum?«
»Ja, warum?«
»Na, wir sehnen uns nach ein bisschen Theatralik. So wie Sie!«
»Wie bitte? Mir ist jede Theatralik zuwider!«
»Ach ja?«
Mir fiel keine Replik ein.
»Wir finden unsere Geschichten echt erzählenswert!«, sagte Putzi.
»Kein Wunder. Gegenseitiges Bewunderungskomitee«, witzelte ich. »Find'ste mich gut, find ich dich gut. Wie in der Schule.« Putzi überging meinen Kommentar.
»Wir wollen, dass man uns kennt!«
»Als Putzi?«
»Warum denn nicht? Wir sind Putzi! Und das ist auch gut so! Meinen Sie nicht?«
Meine Putzi ist leicht größenwahnsinnig.

Manche Träume passen in Putzis Hirn, aber nicht in ihren Mund. Beim Aussprechen lösen sie sich in Albernheit auf. Aber die Idee arbeitete in mir. Putzi hatte sie mit solcher Leidenschaft vorgebracht, dass sie bei mir bleibenden Eindruck hinterließ. Und mein Literaturagent meinte: »Asozial verkauft sich wie geschnitten Brot, und das Feuilleton steigt voll drauf ein.«
Aber ich wollte nicht. Aus Sorge, ich würde Putzi verhökern.
»Das ist doch Blödsinn. Sie sind nur gekränkt, dass Ihr Name nicht auf dem Cover steht!«, meinte Putzi.
Wahrscheinlich hatte sie Recht. Ich präsentierte einen Gegenvorschlag. »Wie wäre es mit einem Drehbuch?«
»Ein Film?«
»Ja.«
»Über mein Leben?«

»Mehr oder weniger. Wir könnten gemeinsam eine Geschichte entwickeln. Eine Art Road Movie mit Putzfrau. Das wäre doch originell.«
»Finden Sie?«
»Nicht Thelma und Louise, sondern Putzi und Karin.«
»Die Karin kann doch ihren Egon nicht alleine lassen.«
»Dann halt statt der Karin die Liane.«
»Der wird immer schlecht im Auto.«
»Ist ja nur als Ausgangsidee gedacht. Die Reise machen wir ja nicht in echt.«
»Nicht?«
»Nein, nur auf dem Papier.«
»Warum?«
»Finden Sie mal einen Doofen, der das finanziert.«
»Hm … also ich und die Liane …«
»… als Kunstfiguren.«
»Also wir als Kunstfiguren treffen dann auf Sie, und Sie sind dann Brad Pitt, oder wie?«
»Klar schreibe ich mir da selber eine Rolle rein.«
»Wunderbar!«
»Sie müssten dann aber einen fiesen Krebs haben, Marianne, tut mir leid, das ist bei Road Movies immer so, einer muss todkrank sein, am besten Gehirntumor, dann würden Sie oben aufgemacht, die Ärzte würden feststellen: nur noch sechs Tage …«
»Nur noch sechs Tage? Nicht Monate?«
»Nein. Das macht den Spannungsbogen knackiger. Außerdem müssten Sie fortan mit einem kleinen Schirm rumlaufen, um die Wunde zu bedecken.«
»Wie Mary Poppins.«
»Die hatte Krebs?«
»Nein, aber einen Schirm.«
»Ach so.«
Putzi zögerte.

»Ihre Rolle würde zum Beispiel Hannelore Elsner spielen«, versuchte ich, sie zu überzeugen.
»Die ist doch viel zu dünn!«
»Natürlich in Fatsuit!«
»Und Sie, wären Sie auch krank, Max?«
»Nein. Ich müsste ein Knacki sein, oder ein Banker, der alles verzockt hat und sich jetzt umbringen will.«
»Und ich rette Sie!«
»Genau. Oder wir bringen uns gegenseitig um. Auf jeden Fall müssen wir zum Meer. Solche Road Movies enden immer am Meer.«
»Ich mag die Berge aber lieber.«
»Nein. Meer gibt optisch mehr her. Stellen Sie sich vor: Sie am Strand. Spielende Kinder. Die Sonne geht unter. Am Horizont springende Delphine. Sie sinken in sich zusammen. Ich rufe: ›Nein! Sie dürfen nicht sterben!‹ Sie flüstern …«
»… ich bin geheilt. Ich werde leben. Wir können nach Hause.«
»Ich weiß nicht recht.«
»Außerdem will ich keinen Gehirntumor. Nur, wenn Sie zum Beispiel keine Beine hätten, wie der Erwin, nur noch schlimmer, und ich mich um Sie kümmern muss!«
»Ich kann nichts schreiben für ohne Beine. Das ist mir unangenehm.«
»Und ich kann für Sie keine Muse sein mit ohne Kopf!«
Damit war das Thema erledigt.

ERWIN

Am Silvesternachmittag 2008 in Putzis Küche beehrte uns ihr Mitbewohner Erwin auf einen Fencheltee. In seinem früheren Leben war Erwin Solotänzer an der Marseiller Oper, bis ihm ein Pitbull das linke Wadenbein wegbiss und der verbliebene Stumpen amputiert werden musste. Jetzt tanzt Erwin in Berlin-Neukölln, Wand an Wand zu Putzi, nackt und mit Prothese – manchmal auch ohne – vor seiner Webcam, für seine persönliche Shopping-Site im Internet, auf der erotisches Zubehör für körperlich Beeinträchtigte und dererlei Interessierte angeboten wird. Fünfzehntausend User wählen sich täglich ein, aus Kairo, Austin, Manila und Winterthur. Manchmal schaue ich kurz bei Erwin vorbei, um Hallo zu sagen und zuzusehen, wie er seine Pirouetten dreht. Tok-Tok-Tok. Das entspannt mich.

»Es stört Sie hoffentlich nicht, aber jetzt kommt die Stelle, an der ich mir für meine Gemeinde einen runterhole.« Auch Erwin siezt mich. Dann positioniert er sich vor dem Auge der Kamera und beginnt, erst sanft, dann immer fester, an sich hinauf- und hinabzustreichen. Ich beobachte das rhythmische Anspannen seiner Pobacken. Auf seiner linken Gesäßseite hat Erwin das Bild eines hockenden Frosches eintätowiert. Dieser sitzt am oberen Rand der Mulde, die sich bildet, jedes Mal, wenn sich Erwins trainierte Pomuskulatur zusammenzieht, und so scheint es dann, als strecke sich der Frosch, als mache er sich bereit zum Sprung, weg von ihm, hin zu mir. Angeblich wollte Erwin den Frosch ursprünglich hinter seinem Schulterblatt angebracht haben, also »derrière l'omoplate«, wie er den arabischen Tätowierer in Marseille wissen ließ, aber der verstand nur »derrière«, und so wachte Erwin, nachdem er, als er den Tätowierer mit seiner Nadel auf sich zukommen sah, in Ohnmacht gefallen war, erst wieder auf, als der Frosch für alle Zeiten auf seinem Arsch verewigt ward. Aber der Tätowierer machte seinen Fehler wieder gut, indem er den Frosch küsste und liebkoste und einiges mehr, und seitdem glaubt Erwin, sein Frosch könne Wünsche erfüllen. »Wollen Sie vielleicht auch mal meinen Frosch küssen?«

Putzi mag Erwin, aber auf seinen Hintern küssen mag sie ihn nicht. Sie weigert sich auch, bei ihm zu putzen. Aber sie brüht ihm Fencheltee und gibt ihm Fußmassagen. »Die Sünden anderer schockieren mich nicht, solange sie mich nicht persönlich treffen.«

Meine Putzi ist ein Freigeist.

Mit Erwin Silvester zu feiern kam aber auch aus einem anderen Grund nicht in Frage. »Das ist einer meiner umsatzstärksten Tage! Da tanz ich ne Doppelschicht!«

Also hörten Putzi und ich am letzten Tag des Jahres ohne Erwin ›Das Phantom der Oper‹ auf CD, und anschließend schauten wir uns ›Gladiator‹ an. Putzi ist großer Fan von Musicals und von Russell Crowe. Ich hasse Musicals, aber Russell Crowe finde ich klasse. Ich saß auf Putzis grünem Samtfauteuil, während sie es sich auf ihrem Wasserbett bequem machte. Nach zehn Minuten war sie eingeschlafen.

Meine Putzi schnarcht.

Ich kann nicht beschreiben, warum, aber ihr beständiges Schrrrrrrrr gab mir Zuversicht, dass das Leben doch nicht so ungerecht ist, dass das kommende Jahr besser werden könnte. Ich stellte mich auf ihren Balkon und beobachtete, wie es unter mir und um mich herum zischte und pfiff. Silvester ist für Putzis türkische Nachbarn die fünfte und schönste Jahreszeit. Da wird selbst die Oma samt Enkel im Arm zum Pyrotechniker, um am Fenster stehend ganz ungeniert Arsenale von Chinakrachern, Sonnen und Raketen auf Mensch und Tier herunterregnen zu lassen. »Allet kleene Bombenleger«, flüsterte mir am Morgen die dicke Karin zu. »Letztes Jahr ham se mir meinem Egon einen Böller an den Schwanz jebunden!« Egon ist Karins Promenadenmischung.

»Haben Sie Hunde nicht gern?«, fragte mich Putzi.

»Egon ist eine saublöde Töle«, antwortete ich, »leckt sich ständig seine Geschlechtsteile und winselt in einem fort so feige in der Gegend rum.«

»Kein Wunder«, blaffte Putzi zurück, »stellen Sie sich vor, Ihnen bindet man einen Böller an den Schwanz!«

Meine Putzi ist ordinär.

Ich mag sie lieber, wenn sie sich wie eine Dame benimmt.

»Ich bin keine Dame!«

P-P-P-UTZI-PORNO-OLÉ

Neujahr. 00.01 h. 2009. Vom Balkon über mir regnete es Funken.

»Wo sind all die Sterne, die mir einst den Weg gewiesen haben?«, hatte ich Putzi am Nachmittag gefragt.

»Ja, wo sind sie denn?«, hatte sie lachend gesagt.

»Machen Sie sich lustig über mich?«

»Max, bitte! Seien Sie nicht so pathetisch!«

»Sagt die Frau, die an Phantome in der Oper glaubt!« Das saß.

»Ich will nicht larifari sein«, beharrte ich, »verstehen Sie? Ich will was Profundes schaffen. Etwas Tiefes mit Gehalt!«

»Putze ich für Unicef? Irgendwann kommt der Tag, an dem der einzige Weg, sich selbst zu finden, der ist, endlich man selbst zu sein.«

Mir war schon lange klar, dass ich einen Weg aus der Sackgasse finden musste, in die ich mich selbst hineinbugsiert hatte. Irgendwann. Irgendwie. Damit tröstete ich mich. Irgendwann. Irgendwie.

Ich hatte vor einiger Zeit ein Buch geschrieben, ein Herzensprojekt, mit dem ich mich bereits in Elke Heidenreichs Lesesendung wähnte, allein, mein Roman hing seit Jahren beim Verlag fest, jede Saison kam mir ein neuer hipper Autor zuvor, währenddessen die Sendung von Elke Heidenreich abgesetzt wurde. Und meine Karriere als Schauspieler, mein eigentlicher Beruf, verlief zu dieser Zeit, positiv ausgedrückt, äußerst bescheiden.

Ich weiß nicht, wie das passieren konnte, aber plötzlich dreht man Vorabendserien mit sprechenden Schweinen und ist die Leiche im ›Alten‹. Letzten Sommer war ich mal ausnahmsweise nicht gleich nach zehn Minuten tot, son-

dern durfte als Tatverdächtiger etwas länger leben. Ausgerechnet in einem S/M-Club spielte der Krimi. Lustigerweise gleich bei mir um die Ecke. Mit der Inhaberin hatte ich schon des Öfteren gemeinsam für Brötchen angestanden und ihren Mops gestreichelt. Seit dem Dreh wissen wir voneinander, was wir sonst so machen. Während der Umbaupause für die nächste Szene verwickelte sie mich in ein Gespräch. Wie schwierig ihr die Steuerabrechnung falle, »versuchen Sie mal, Handschellen und Peitschen abzusetzen«, dass der neueste Trend in ihrer Branche Rabattmarken seien, »wie beim Tengelmann, nur gibt's bei uns keine Herzchen, sondern fliegende Hoden zum ins Mäppchen kleben, sehen aber mehr wie fliegende Ostereier aus, total süß und sehr unauffällig, falls die Ehefrau mal im Portemonnaie stöbert«, und wie zunehmend schwer es wäre, geschultes Personal zu finden, »denn auch für meinen Job braucht man schauspielerisches Talent – und wie!« Einer ihrer Kunden wollte zum Beispiel von einer Astronautin in die Schwerelosigkeit geführt werden. »Das muss man erst mal spielen können, eine Astronautin! Sehr begehrt sind übrigens auch teuflische Putzfrauen!«
»Putzfrauen?«, fragte ich.
»Ja, polnische gehen am besten. Am liebsten wäre mir natürlich eine deutsche, die dann auf polnisch macht und die darüber hinaus auch ordentlich putzt, also in echt, verstehen Sie?«
Da hab ich ihr von Putzi erzählt und wie glücklich ich mit ihr sei, auch wenn sie nichts Teuflisches an sich habe, nun ja, verbesserte ich mich, ein Putzteufel sei Putzi schon.
»Wie drollig, Sie nennen Ihre Putzfrau Putzi?«
»Eigentlich heißt sie Marianne!«
»Marianne? Marianne Schneider?«
Ich nickte.
»Na, die kenn ich doch!«

»Das glaub ich jetzt nicht!«
»Doch!«, insistierte die Sado-Maso-Tante. »Natürlich, die Mary!«
Das war mir unangenehm. Ich wollte gar nicht erfahren, was Putzi im Club bei mir um die Ecke zu schafften hatte oder woher auch immer sich die beiden kennen mochten. Genauso wenig, wie ich wissen möchte, ob meine Eltern Sex haben oder an Monica Belluccis Beinen Haare wachsen. Ich will einfach nicht wissen, was Putzi und die Sado-Maso-Tante miteinander verbindet. Mir spukten schon die seltsamsten Bilder durch den Kopf, unterlegt mit einem Rap. In diesem Fall, den Umständen geschuldet, dichtete ich:
P-P-P-UTZI-PORNO
Jo Jo Jo
P-P-P-UTZI-PORNO
Olé!
Zum Glück wurde ich zum Set gerufen.
Um mich herum, zwischen Nagelbrett, Streckbank, Zahnarztstuhl und Sexschaukel, räkelten sich die Statisten in Lack und Leder. Ohne dass es im Script gestanden hätte, gingen die voll aus sich raus. »Schlag mir die Muschi«, schrien sie, interessanterweise auch die Männer! Ich habe leider nicht herausgefunden, warum. Ich hätte einfach fragen können, sicher, aber dazu war ich zu prüde. Außerdem schien es ganz natürlich, dieser Wunsch aus Männerkehlen, da wollte ich mich nicht als Laie oder schlecht vorbereiteter Schauspieler outen. Die Frauen waren da beweglicher. Die haben auch mal »Leck mich« gefordert, aber die Männer immer nur: »Schlag mir die Muschi«. »Versohl mir den Hintern«, hätte ich ja noch verstanden, ein schlichtes »Gib's mir« oder so, aber nun gut. Wie sagt Putzi immer? »Jedem Tierchen sein Pläsierchen.«
Nur wenige Tage später traf ich einige dieser Statisten wie-

der, auf dem Set zu ›Operation Walküre‹, dem Film mit Tom Cruise, bei dem ich mit Stahlhelm uff'm Kopp durch die Gegend hüpfte. Die Statisten aus dem S/M-Club, meine Kompanie, trugen jetzt Wehrmachtsuniform und brüllten statt »Schlag mir die Muschi« »Heil Hitler«. Von Muschi zu Hitler in drei Tagen. Putzi war stolz auf mich und meinte, jetzt sei ich endlich im Charakterfach angekommen.

Neujahr. 00.05 h. 2009. Berlin leuchtete in den Himmel hinauf. Unten vor Putzis Haus brannten die Müllcontainer. Feuerwehrzüge fuhren vor, die von Jugendlichen mit Leuchtraketen beschossen wurden. Putzi trat neben mich. »Willkommen in 2009!«, sagte ich. »Sie haben Neujahr verschlafen!«
»Macht nichts. Dafür geben wir jetzt richtig Gas!« Sie öffnete eine Flasche Rotkäppchen. »Aber nicht den süßen, sondern den trockenen!« Wir prosteten uns zu. »Sie werden sehen«, sagte sie, »das kommende Jahr wird spitze!«

TRÄNEN BEI DOUGLAS

Meine Putzi ist eine falsche Prophetin.
2009 wurde eine einzige Katastrophe. Privat wie beruflich. Ich war pleite, aber so richtig. Um die Situation zu verdeutlichen: Normalerweise kaufe ich San Pellegrino. Es schmeckt nicht anders als andere Selters, aber ich stehe auf das Design der Flaschen. Für mich die große weite Welt.
Wenn mein Geldbeutel San Pellegrino nicht erlaubt, dann Spreequelle von Getränke Hoffmann, wenn auch das nicht geht, dann Quellbrunn von Aldi. Der nächste Schritt ist dann Hahnenwasser – wie der Schweizer sagt, klingt nicht so ordinär wie Leitungswasser. Im Frühsommer 2009 ging es mir finanziell so dreckig, dass ich mir überlegte, im Fitnessclub Wasser abzufüllen und Toilettenrollen zu stehlen.

Der einzige Luxus, den ich mir nach wie vor gönnte, war Putzi, da ich mich nicht traute, ihr meine Situation zu offenbaren. Hätte ich es getan, sie wäre fortan jeden Tag vorbeigekommen, um mich mit ihrer Anteilnahme zu umsorgen, mit Wurst, Käse und guten Ratschlägen bei Laune zu halten, stundenlang umsonst zu putzen, »damit Sie es wenigstens schön sauber haben«!
Meine Putzi ist eine Grundgütige.

Was also tun? Ich dachte kurz an die Sado-Maso-Tante. In schwierigen Zeiten soll man nichts unversucht lassen, aber den Gedanken verwarf ich gleich wieder.
Ein berühmter Kollege von mir brachte zwei Koffer, randvoll mit seiner Autogrammpost, vorbei, die er schon seit Jahren nicht mehr beantwortet hatte, und bot an, dass ich die vorfrankierten Rückumschläge der Fans unter Wasser

aufweichen und die gewonnenen Briefmarken vertreiben könnte. Ein anderer Kumpel schlug vor, frühmorgens am Hauptbahnhof in einen der ICEs zu steigen, die Zeitungen der ersten Klasse abzugreifen, die dort zuhauf zur freien Verfügung lägen, fünf Minuten später in Spandau wieder auszusteigen und anschließend an einen seiner Cousins mit Kiosk im Wedding zu vertickern.
Hab ich beides gemacht und zusätzlich bei Douglas als Propagandist für ein neues Eau de Toilette gejobbt. »Darf ich Sie kurz beduften?«, um flott eine Wolke des blumigen Parfums auf die Kundinnen zu sprühen. Von 10.00 h – 20.00 h, minus dreißig Minuten Mittagspause, immer wieder: »Darf ich Sie kurz beduften?«
»Max?«
Vor mir stand Putzi.
»Was machen Sie hier?«, fragte sie.
»Ich?«
Putzi nickte.
»Ja, hm ... was mache ich hier? Was machen Sie denn hier?«
»Proben einsammeln! Und Sie?«
»... Rollonstudium!«
Sie glaubte mir nicht und schüttelte vorwurfsvoll den Kopf. Ich spürte schwere Tränen in mir aufsteigen. Eigentlich heul ich nie – nun gut, letzten Sommer, als Matthias Steiner in Peking im Schwergewicht gewonnen hat, da hab ich Rotz und Wasser geheult, oh Gott, allein der Gedanke ... aber sonst nie, nicht bei Nationalhymnen, nicht bei Dernièren, nicht am Ende von Rocky I, wenn Stallone nach Adrian schreit, nie.
»Ma-h-a-a-x ...«, wimmerte nun auch Putzi, »wa-h-a-rum sagen Sie mir denn nichts?« Putzi weinen zu sehen war mir wahnsinnig unangenehm, auch wenn es nicht das erste Mal war. Zu ihrem Geburtstag bin ich mit Putzi in die

Staatsoper zu ›Tosca‹. Putzi wollte erst nicht und schlug doch tatsächlich vor, ich sollte stattdessen die dicke Karin fragen, das Frauchen vom Egon, der Promenadenmischung mit Böller, aber dann kam sie doch mit, war ja schließlich ein Geschenk. Und die Tränen liefen.
Meine Putzi ist eine Kitschnudel.
Sie meinte, sie weint sonst nur beim ›Phantom der Oper‹ – in der deutschen Version, der mit Peter Hofmann – und am Ende von ›Titanic‹, auch wenn sie findet, dass Russell Crowe die bessere Besetzung gewesen wäre. Aber dieser Meinung ist sie immer, ob George Clooney in ›Ocean's 11‹ oder der Chefarzt bei ›In aller Freundschaft‹, immer heißt es: »Russell Crowe hätte das besser gemacht!«
Zwanzigmal hat Putzi ›Titanic‹ gesehen. Zehnmal im Westen Berlins, zehnmal im Osten. Und jedes Mal, wenn am Ende die greise Rose den Smaragd ins Meer wirft, hätte der Saal im Westen vor Verzückung geseufzt und der im Osten vor Entsetzen geschrien: »Ist die bescheuert, die Alte?«
»Wenn Sie die Gräben zwischen Ost und West verstehen wollen, müssen Sie nur ins Kino gehen!«

Nach meinem Offenbarungseid bei Douglas in der Wilmersdorfer Straße setzten wir uns auf Putzis Roller und fuhren auf die Stadtautobahn. Das machen wir immer, wenn einer von uns betrübt ist. Ich habe Putzi mal erzählt, dass meine Eltern mit mir als Kind immer am Flughafen Tempelhof vorbeifuhren, da mich die ›großen Vögel‹ so begeisterten, und dann weiter Ausfahrt Gradestraße, vorbei an der Bahlsen-Fabrik, wo es auch heute noch immer so lecker nach Schokolade riecht. Dann kurbelten meine Eltern die Fenster herunter und reichten mir einen Schokoriegel auf die Rückbank, wo ich in meinem Kindersitz saß. Die Schokolade sei soeben für mich durchs Fenster geflogen, sagten sie, und ich war glücklich.

Putzi liebt diese Geschichte. Also fuhren wir an der Ausfahrt Gradestraße raus, klappten die Visiere unserer Helme hoch, damit wir besser schnuppern konnten, machten vor der Sondermüll-Anlage der BSR einen U-Turn, bogen zurück auf die Autobahn Richtung Magdeburg, Putzi vorne, ich dahinter, meine Arme um sie geschlungen, vorbei an der abgebrochenen, ins Leere führenden Autobahnzufahrt und der Bahlsen-Fabrik, und dann – tief durchatmen! Anschließend stand uns der Sinn nach etwas Herzhaftem, also Visiere wieder runter, Ausfahrt Neukölln zur Blutwurstmanufaktur am Karl-Marx-Platz. Putzi bestand darauf, mich einzuladen.

»Das kann ich nicht annehmen. Das ist mir unangenehm.«

»Lassen Sie mich doch auch mal ein bisschen spendabel sein. Geiz gehört schon in der Bibel zu den Lastern und ist überhaupt nicht ›geil‹. Also bitte!«

Putzi mag keine Blutwurst, bestellte Kotelett mit schöner Sauce, Porreegemüse und Salzkartoffeln. Die Laune war wieder bestens.

»Wollen Sie nicht mal probieren?«, fragte ich.

»Oh nein. Ich kann kein Blut sehen. Und essen schon gar nicht. Aber nur zu, Sie sind doch mein freundlicher Vampir. Lassen Sie sich's schmecken.«

Die nächsten Tage wurde Putzi aktiv. Sie fand doch tatsächlich einen Untermieter für meine Moabiter Altbauwohnung, Pete, ein Sportjournalist aus Jamaica, ein Bekannter eines Bekannten, der zur Leichtathletik-WM in Berlin seine Kinder mitnehmen und nicht im Hotel wohnen wollte. Er bezahlte mir für zwei Wochen meine dreifache Miete. Im Voraus!

»Aber wo soll ich dann hin?«, fragte ich Putzi.

»Sie ziehen bei mir ein!«

AUFBRUCH

So weit kam es dann nicht. Gott sei Dank! Mir wurde ein Job angeboten. Endlich! Meine Schweizer Redaktion bat mich, einen Bericht über die ›Romantische Straße‹ zu verfassen.
»Romantische Straße?«, fragte ich Putzi. »Kenn ich nicht!«
»Die ist der ganzen Welt ein Begriff, nur nicht uns Deutschen. Zwischen Würzburg und Neuschwanstein. Muss ein Traum sein!«
So ein Scheiß, dachte ich, das mache ich nie, von Dorf zu Dorf juckeln ist unter meiner Würde, habe mich total aufgeführt, fragte die Redaktion: »Wie viel springt dabei raus?«, und sagte sofort zu.

Jetzt hatte ich nur noch ein Problem zu lösen. Kurz zuvor hatte man mir den Führerschein abgenommen. Verfickte rote Ampel. Dabei hatte ich gar nicht das Gefühl gehabt, sie sei rot gewesen.
»In jeder Farbe ist ein bisschen Grün«, meinte Putzi und bot mir ihre Dienste als Chauffeur an – »unter einer Bedingung!«
»Und, die wäre?«
Dass ich sie, gewissermaßen als Krönung unserer Arbeitsreise, zu ihrem vierzigjährigen Abiturtreffen nach Radolfzell am Bodensee begleiten müsste, »dort ist es auch romantisch und nur einen Schlenker entfernt!«
»Sie haben Abitur?«, fragte ich erstaunt und schämte mich sogleich für meinen Snobismus. »Ich meine, das wusste ich ja gar nicht mit dem Abitur.«
»Ich gehörte zu den Begabteren meines Jahrgangs, hatte Ambitionen und hätte einen anständigen Abschluss hingekriegt. Aber dann habe ich mich in meinen bildsamsten

Jahren aufgrund eines Akts jugendlicher Verwirrung anderweitig vereinnahmen lassen und hingeschmissen.«
»Warum?«
»Man tut Dinge im Leben, die machen einfach keinen Sinn.«
»Hätte ich nicht gedacht, dass Ihnen so ein Klassentreffen wichtig ist.«
»Ist es auch nicht. Ich bin noch nicht mal eingeladen, habe ich über Facebook davon erfahren und gedacht: Da gehste nicht hin. Aber dann habe ich Gerhard bei Frauke Ludowig wiedergesehen, im Fernsehen, meinen ersten Verflossenen, den Vater aller Verflossenen, in einem Bericht über Trauernde um Michael Jackson. Es gab ne Schweigeminute, sogar in Konstanz, und da hab ich ihn entdeckt. Unverkennbar Gerhard. Und da habe ich gemerkt, dass meine Zuneigung und Wünsche ihm gegenüber unverändert sind. Also gehe ich doch auf die Feier, trotz Nichteinladung«, sie lächelte, »wie die böse Fee.«
»Unverändert? Nach so viel Jahrzehnten?«
»Ja. In meinem Alter wollen andere noch mal nach Capri, zu den Pyramiden oder rauf aufs Matterhorn …«
»… und Sie wollen noch mal rauf auf Gerhard?«
Sie lachte.
»Sie müssen wissen, Max, dass ich nicht mit der Vorstellung erzogen wurde, mir stehe irgendwas im Leben zu. Außer Gerhard. Den habe ich mir erarbeitet.«
Meine Putzi ist eine glühend Liebende. Wer hätte das gedacht?
»So viel Beständigkeit könnte ich nie aufbringen«, sagte ich.
»Sie sind seit zehn Jahren beim selben Handy-Anbieter, obwohl Sie da einen bescheuerten Tarif haben.«
»Woher wissen Sie das denn?«
»Aus Ihren Unterlagen. Entschuldigung.«

»Schon gut.«
»Wissen Sie, Max, man sagt ja, die Wunden der Liebe würden irgendwann heilen. Aber das bisschen Schorf, das da drüberwächst, popel ich immer wieder ab.«
»Ne Wunde bleibt ne Wunde bleibt ne Wunde.«
»Das haben Sie aber nun schön gesagt.«
»Haben Sie denn die möglichen Konsequenzen bedacht?« Sie blickte mich fragend an, und ich fügte hinzu: »Die Konsequenzen, die es haben könnte, nach all den Jahren vor ihrem Verflossenen zu stehen.«
»Die können doch nur positiv sein.«
»Meinen Sie?«, fragte ich skeptisch. »Ich sorge mich nur, da ich nicht weiß, wie verheißungsvoll ein solches Wiedersehen sein kann.«
»Ich glaube an Wunder.«
Ich lachte. »Sie glauben ja auch an mich.«
»Immer.«
»Sie werden mich nie aufgeben, nicht?«
»Niemals.«
Meine Putzi ist eine Romantikerin.

Und so bestiegen wir am vierzehnten August 2009 meinen weißen Polo mit Potsdam-Mittelmark-Kennzeichen: PM (der Wagen ist noch immer auf meine Mutter zugelassen. Peinlich!).
»Penis-Master«, nennt ihn Putzi.
»Seien Sie nicht so ordinär«, bat ich. »Sie sind eine Dame«, und taufte ihn stattdessen »Putzi-Mobil«.
»Ich bin keine Dame!«, schimpfte Putzi, aber Putzi-Mobil gefiel ihr.

Auf der Rückbank des Wagens verstaute sie ihren braun gefleckten Schirm, »Den hab ich geerbt von der Baronin von Essen. Der ist gut für meinen Teint, gegen die UV-

Strahlung, die Asiatinnen wissen schon, was sie tun!«, und ihr albernes H&M-Täschchen in zweierlei Rosa, das sie so sehr liebt und das zu ihr gehört wie der Name an der Tür. »Mein Wechselbalg, eine Wendetasche, wo man das Innere auch nach außen tragen kann, heute gestreift, morgen gepunktet, klasse, gell?« Jetzt wuchtete sie ein riesiges schwarzes Etwas, das entfernt wie ein aufblasbares Schlauchboot aussah, in den Kofferraum.

»Was ist das denn?«, fragte ich.

»Mein Bett.«

»Ihr Bett?«

»Ja, mit Motor, damit ich nicht von Mund aufblasen muss, weil's mir dabei immer so schwindelig wird.«

»Warum nehmen Sie denn ein Bett mit?«

»Ein motorbetriebenes!«

»Wir steigen doch in Hotels ab.«

»Eben. Das kennt man doch. Die Matratzen sind knochenhart oder total durchgelegen. Und das mir, mit meinem Kreuz! Da komm ich ja daher wie ne alte Frau.«

»Aha.«

»Und dies motorbetriebene hier mit halber Luftfüllung kommt meinem Wasserbett am nächsten. Und dann ist es ja in zwei, drei Minuten aufgeblasen und ratzfatz wieder entleert. Man kann da auch ne Trockenhaube dran anschließen.«

»Na dann!«

Die dicke Karin, der feige Egon und der einbeinige Erwin (Liane hatte den Bus verpasst) hatten sich zum Verabschieden eingefunden.

»Kinder, ist das nicht Wahnsinn?«, jubelte Putzi. »Max und ich auf der Romantischen Straße. Wir sind ein heißes Paar, gell? Viel zu heiß eigentlich für so auf Romantik.«

»Jaja«, murmelte ich und hievte Putzis Seesack auf die Rückbank.

»Erwin, gell, du weißt schon, auf dich kann ich mich verlassen«, sagte Putzi und gab ihm die Kopie des ›Vertretungsplans betreff Maxens Wohnung‹, »die Liste für Liane. Lüften, Briefkasten, Blumen. Ansonsten ist ja eh schon alles geputzt und picobello, dass, wenn wir zurückkommen, auch alles schön sauber ist! Aber Erwin, bitte schau nach der Liane. Des Schussele, typisch, ist ja jetzt auch schon wieder zu spät. Nicht, dass ihr's erst einfällt, wenn wir wieder zurück sind.«
Karin und Erwin winkten noch, als wir um die Ecke verschwanden und mit laut aufheulendem Motor in die Hermannstraße einbogen.
Aus dem Radio tönte ›Ich war noch niemals in New York‹ in der Unplugged-Version von ›Sportfreunde Stiller‹. Putzi sang mit: »Ich war noch niemals in Wü-ürzburg, ich war noch niemals auf Neu-schwa-ha-nstein, ging noch nie durch Ro-o-thenburg in zerrissenen Jeans …« Wir schlängelten uns durch den dichten Verkehr Richtung Avus.
Bei Gelb tritt meine Putzi nicht auf die Bremse, sondern aufs Gas.
»Vorsicht!«, schrie ich.
»So bin ich halt«, erwiderte sie lapidar, »ich bin die schnelle Mary. Mich kann man nicht im Zaum halten, und mein Wesen lässt sich auch nicht verändern. Wie ein Rennpferd.«
Ich klammerte mich an den Haltegriff überm Fenster.
»Ich ziehe Geschwindigkeit vor«, sagte Putzi.
»Aha.«
»Ich ziehe ja auch Donald Duck der Mickey Mouse vor, Bitter- der Vollmilchschokolade. Ja, so bin ich eben.«
Ich nickte und dachte, ja, so ist sie wohl. Entwaffnend, schnell, unlogisch und eigen, sehr eigen. Wenn meine Putzi aufs Klo geht, stellt sie den Wasserhahn an, um andere Geräusche zu übertönen. Putzi benutzt, wie sie unter-

streicht, Zahnseide und Zungenbürste, und immer den gleich dezenten Lippenstift. Sie liebt jede Art von Magneten an der Kühlschrankwand, je bescheuerter, desto besser, das Knacken von Eiswürfeln im Glas und den Moment, wenn der erste Tropfen Milch im Tee verworrene Strudel beschreibt. Meine Putzi spürt jeder Herausforderung nach, ob auf der Suche nach der besten Schrippe, dem stärksten Kaffee, dem besten Fleischer, der günstigsten Tankstelle, den am wenigsten riechenden Lilien (um mir eine Freude zu machen, Putzi liebt Lilien, ich eigentlich auch, aber deren Gestank finde ich unerträglich).

Meine Putzi ist experimentierfreudig.

Sie probierte – nach eigenem Bekunden – Froschschenkel aus, Schafsaugen, Gokartfahren im Rock und ohne Höschen, Sex mit Ohrstöpseln und Saunagänge im Winter, um anschließend mit weit ausgestreckten Armen nackt im Schnee den Engel zu machen.

Ja, so ist sie wohl, dachte ich, ein dicker Putzi-Engel. Vom Himmel gefallen. Und in meinem Putzi-Mobil gelandet. Mit Vollgas.

Keine Wolke, die Sonne schien, siebenundzwanzig Grad. Mit weit geöffneten Fenstern, Putzi am Steuer, mit den Fingern auf dem Lenkrad trommelnd, ich neben ihr, mit der Hand wie ein Surfer auf den Wellen des Windes reitend, fuhren wir auf die A9. Putzi erhöhte den Druck aufs Gaspedal. Das Putzi-Mobil beschleunigte. Sie schaltete vom vierten in den fünften Gang. Sie fuhr immer links, auf der Überholspur. Darauf angesprochen, lachte sie: »Links links, umme Ecke stinkt's …«

Zwischen meinen Beinen die prall gefüllte Sanitätstasche mit Feuchties für hinten, Sagrotan gegen Schweinegrippeviren, 4711-Icestick und meinem ›Gayspray‹, so nennt Putzi mein teures Thermalwasser aus der Apotheke, womit ich mich gerne und immer wieder zur Kühlung einneble. »Total schwul«, findet sie, mir egal. Und eine Kühlbox mit Reiseproviant, das Übliche, hartgekochte Eier, Schnittchen mit zweierlei Käse, Marmorkuchen, aber auch allerhand Schnickschnack, ordentlich verpackt in bunten Tupperdosen und ganz viel Alufolie, und Putzi sang noch immer »... einmal verrückt sein und aus allen Zwängen fliehen ...«

II

POPPENHAUSEN

Kurz nach Dreilinden hatte ich die Schnitzelchen aufgegessen, bei Dessau-Ost die Frischkäsepumpernickeltaler mit Kresse, beim Schkeuditzer Kreuz die Käse-Häppchen mit Weintrauben. Dazu gab's mundgerecht geschnittenes Obst und starken Kaffee aus der Thermoskanne. Weite Auen, Sonnenblumenfelder mit ernteschweren Köpfen, schon halb vertrocknet, ausgeblichenes Farbenspiel in flimmernder Hitze und dazwischen immer wieder die hypermodernen Windräder, deren gewaltige Schwingen mit einem monotonen Rauschen die Luft zerschnitten.

»Wir sind das Land mit den schönsten Wolken«, sagte Putzi.

»Finden Sie?«

»Ich bin ganz betrunken von den Figuren, die der Wind macht.«

»Mir wäre lieber, Sie widmeten sich ganz nüchtern der Straße, die vor uns liegt.«

Putzi tat so, als konzentrierte sie sich nun ganz besonders auf den Verkehr. Aber ich bemerkte, wie sie immer wieder nach oben schielte. Hoch hinauf zu den Wolkenformationen, die über uns hinwegschlitterten. »Schauen Sie, eine Kuh!«

Wir diskutierten Dinge, die wir nie gemacht haben, aber gerne machen würden. Putzi möchte steppen lernen in New York, in einem Heißluftballon über den Bodensee fliegen, die Krähe beim Yoga machen, »fürs innere Gleichgewicht …«.
»Ich wusste gar nicht, dass Sie Yoga praktizieren.«
»Ich hatte mal ein spirituelles Erlebnis mit einem Inder. Ein Selbstfindungstrip. Ist leider gescheitert. Aber ein echter Yogi.«
»Aha.«
»Der konnte Dinge vollführen. Unglaublich. Und das alles auf dünnen Strohmatten …«
»Marianne, bitte! Sie sind eine Dame.«
»Ich bin keine Dame. Und Chinesisch büffeln, das steht auch auf meiner Liste, am liebsten in China.«
»Chinesisch?«
»Wer eine andere Sprache besitzt, der besitzt auch eine andere Seele. Und eine Sprache lernen, das kann man ja wohl schaffen!«
»Na dann.«
»Machen Sie mit?«
»Warum Chinesisch und nicht zum Beispiel Italienisch?«
»China gehört die Zukunft!«
»Wenn Sie das sagen …«
»Und manchmal wünschte ich mir, ich wäre Hillary Clinton!«
»Sie wollen Außenministerin der USA werden?«
»Nein, aber so alles geregelt haben. Ein Ehemann, der fesch ist und mir keine Probleme macht. Geld und Macht und eine schöne Frisur. Ja. Manchmal überlege ich, in die Politik zu gehen.«

»Nur zu!«
»Willst du Gott zum Lachen bringen, erzähle laut über deine Vorhaben. Dabei müsste man es eigentlich wirklich nur tun!«
»Das ist das Problem. Ideen haben wir alle, aber aus lauter Angst vor Veränderung kriegen wir den Hintern nicht hoch.«
»Ideen, die ewig im Kopf bleiben, vermickern. Aber Max, bei uns nicht.«
»Nein?«
»Nein! Wir haben ja ein Motiv!«
»Ach ja, welches?«
Putzi lächelte zweideutig und sagte: »Ein Anfang ist ja nun gemacht. Wir haben's ausgesprochen, und ausgesprochene Worte sind wie fliehende Pferde.«
»Kalenderspruch!«
»Aber wahr.«

Außerdem, verriet mir Putzi, wolle sie mal ins neue Jahr hineingeliebt werden. »Am liebsten am Meer, wo es schön warm ist. Vorher in der Brandung tollen, Hand in Hand in den Sonnenuntergang …« Und dann, um Punkt zwölf ein persönliches Feuerwerk erleben. Putzi hat das derber ausgedrückt. Natürlich. Aber – zugegeben – eine interessante Phantasie.
»Als ich Kind war, haben wir mal Verwandte vom Stuttgarter Flughafen abgeholt«, erzählte Putzi, »seitdem wollte ich immer mal auf dem Gepäckband in der Ankunftshalle meine Runden drehen. Das war für mich die große weite Welt.«
»Haben Sie nie daran gedacht, weiter zu kommen?«
»Weiter als die Ankunftshalle? Nee. Wäre ja froh gewesen, mal anzukommen. Verstehen Sie, was ich meine? Das ist ein Bild.«
»Eine Metapher.«
»Ja, das auch. Was sind denn Ihre geheimen Wünsche?«
»Die mag ich hier nicht weiter erörtern.«

»Schade. Wollen Sie nicht zumindest einen kleinen Wunsch preisgeben? Einen klitzekleinen, ein Nanowünschle? Oder ein Schwänkle aus Ihrem Sexleben?«
Ich schüttelte entsetzt den Kopf. Nein, vor Putzi wollte ich keines dieser Kapitel aufschlagen. Zu jedem Jahreswechsel schreibe ich meine Wünsche auf ein Blatt Papier, das ich hinter dem Badezimmerspiegel über dem Waschbecken verstecke. Eine griechische Touristin in Kambodscha hatte mir einst mit glühenden Augen verraten, sie hätte damit großen Erfolg gehabt. Hinter ihrem Spiegel habe sie im Jahr zuvor den Wunsch verborgen, nach Angkor Wat zu reisen, und voilà, hier sei sie nun. Die Griechin konnte ihr Glück immer noch nicht fassen. »Unglaublich, nicht?«, strahlte sie. »Nächstes Jahr wünsche ich mir, schwanger zu werden! Darf ich nur nicht vergessen, es meinem Spiegel anzuvertrauen.« Die Griechin hatte eindeutig einen Knall. Aber seitdem versuche ich das auch mit dem Spiegel.
Putzi lächelte mich an, als ob sie meine Gedanken erraten hätte. Und da dämmerte mir – klar –, sie hatte beim Rumwischeln mein Versteck entdeckt und wusste genau, woran ich dachte. Aber ich beschloss, ihr Grinsen zu ignorieren. Eine Diskussion mit Putzi über meine intimsten Wünsche erschien mir in diesem Moment zu anstrengend.

Dann spielten wir ›Arafat oder‹! Das ging zum Beispiel so: Wenn du dich entscheiden müsstest, mit wem von den beiden würdest du eher schlafen, Arafat oder Kohl? Die Reaktion war natürlich erst mal: Iiiiiii. Aber man musste sich halt entscheiden. Hin und wieder gab's auch mal was Nettes: Isabelle Adjani oder Sophie Marceau. Und so weiter. Putzi zog Ernie Bert vor, entschied sich für Kohl statt für Arafat und, ganz klar, für Russell Crowe statt für Robert Pattinson.

Danach spielten wir ›Sätze-Raten‹. Welcher ist der Satz, den du in deinem Leben am häufigsten gehört hast?
Putzis: Das geht nicht, Marianne!
Meiner: Du schläfst ja noch nicht.
Welcher ist der Satz, den du nie wieder hören willst?
Putzis: Du musst!
Meiner: Da gehen wir dann noch mal mit dem Gagstreuer drüber (Hat mir mal in der Endprobenwoche ein Regisseur gesagt. Sollte das noch mal jemals jemand vorschlagen, verlasse ich stehenden Fußes die Bühne.)

Im Radio lief Peter Fox. ›Schwarz zu Blau‹, dann ›Poker Face‹ von Lady Gaga. »Vielleicht zur Abwechslung ne CD?«, schlug ich vor.
»Meinetwegen, aber nicht die Pausini!«
Ich bin ein großer Fan der italienischen Sängerin Laura Pausini. Putzi kann das nicht verstehen, sie findet sie kitschig, was nicht ganz falsch ist, »schwiemeliger Italopop«, sagt sie, aber ich schwärme für Laura Pausini wie früher als Teenager für Sophie Marceau aus ›La Boum‹. Die Schwärmerei für Laura Pausini begann vor gerade mal drei Jahren, als ich per Zufall auf 3sat ein Erinnerungskonzert für den verstorbenen Pavarotti vor der Kulisse von Petra in Jordanien gesehen habe. Gemeinsam mit Jovanotti sang sie den abgedroschenen Song ›Caruso‹, die schönste Interpretation ever, und es war um mich geschehen. Putzi gibt zu: »Hübsches Ding, gute Stimme, schöne Brüste, aber die Nase ist zu dick.« Sie hat mir ein Mauspad angefertigt, mit einem Foto von dem besagten Konzert, den Jovanotti allerdings hat sie wegretuschiert und stattdessen sich selbst neben die Pausini geklebt und unterschrieben mit: Die zwei Frauen Ihres Lebens. Ganz viel Amore und Baci, Laura & Mary.
Trotzdem stellte sie sich quer, als ich jetzt die aktuelle Lau-

ra-Pausini-CD in den Recorder einlegen wollte: »Ich bin der Fahrer. Ich bestimme.« Also ließen wir das Radio laufen.

Putzi erläuterte mir die Tücken des deutschen Klimas, die Vorzüge eines vereinfachten neuen Steuersystems und ihre Bedenken hinsichtlich eines Guido Westerwelle als künftigem Außenminister. »Ne Katastrophe!« Und weil sie schon gerade dabei war, legte sie mir noch en detail das skandalöse Verhalten der Ulla Schmidt dar. »Neenee, Max. Ich bin Katholikin und misstraue Institutionen. Vor allem der Politik. Da lob ich mir doch unser Putzi-Mobil. Das ist was Reelles und nicht aus fremden Taschen finanziert.« Ich nickte und unterließ es, sie darauf hinzuweisen, dass das Putzi-Mobil wegen Kostenersparnis noch immer auf den Namen meiner Eltern läuft, Putzi selbst an der Steuer vorbeiarbeitet und ich sie darin auch noch unterstütze. »Ich betrüge den Staat aus Not«, schimpfte Putzi, »die Bonzen tun es jeden Tag tausendfach ohne Not.«
Putzi im politischen Exkurs zu unterbrechen ist nicht ratsam. Einmal gipfelte eine bohrend langweilige Diskussion über Dosenpfand in meinem Ausbruch: »Marianne, entschuldigen Sie, ich kann nicht weiter diskutieren, das nervt! Ich habe sowieso keine politischen Ansichten.«
»Wie bitte?! Was für eine furchtbare Sache, die Sie da sagen.«
»Wieso?«
»Darauf antworte ich nicht. Schämen Sie sich. Ich dachte immer, Sie kokettieren. Aber es ist Ihnen scheinbar ernst mit Ihrer inneren Belanglosigkeit. Früher oder später muss man Partei ergreifen. Am besten früher. Das gehört dazu. Zur Menschwerdung. Zur Sozialisation.«
Dabei ist Putzi bereit, in alle Richtungen auszuteilen, und keinem festen Lager zuzuordnen. Ein anderes Mal, als ich

noch in Kreuzberg wohnte und sich seitens der »ewigen Bundesbedenkenträger«, wie Putzi sie nennt, Widerstand gegen die erste McDonald's-Filiale in meinem Kreuzberger Kiez formierte, mit Unterschriftensammlungen und dem vollen Programm, wollte Putzi ernsthaft aus meiner Kreuzberger Wohnung einen ›Walk-In‹ machen. »Als Protest gegen die Protestler. Lassen wir unsere Mitbürger doch Whopper fressen, so viel sie wollen.«
Ich begriff nicht. »Was wollen Sie machen?«
»Drive-In geht ja wohl nicht in Ihrer fünften Etage. Also Walk-In! Diese piefigen McDonald's-Hetzer sind doch die gleichen, die rumtönen, man müsste jetzt unbedingt noch nach Kuba, bevor die amerikanischen Coca-Cola-Imperialisten alles infiltrieren. Und dabei übersehen diese Eiferer beflissentlich Militärdiktatur, Hinrichtungen und Sex-Tourismus. Oh, darüber könnte ich mich aufregen!«
Mir war der Impetus, mit dem Putzi und ihre Brigade (Karin und Liane waren bei der Bewegung natürlich dabei) ihre Aktion planten, dann doch zu viel.
»Wieso öffnen Sie keinen ›Walk-In‹ in Karin's Eck? Das ist immerhin im Erdgeschoss«, fragte ich.
»Wir leben in Neukölln. Und dort haben wir schon lange McDonald's. Da sind wir tolerant.«
Wir einigten uns schließlich darauf, dass ich eine McDonald's-Fahne aus dem Fenster hängen würde. Ursprünglich baumelte ein aufblasbarer Ronald McDonald aus dem Fenster, aber der sah so aus, als hätten wir ihn erhängt. Und genau das wollten wir ja nicht.
Als der Kreuzberger McDonald's – Wangelstraße Ecke Skalitzer – schließlich allen Demonstrationen zum Trotz eröffnet wurde, waren Putzi und ich die ersten Gäste. Dabei hasst Putzi Fast Food, und McDonald's besonders, »aber für seine politischen Überzeugungen muss man Opfer bringen«!

Mittlerweile war Putzi schon bei anderen Themen angelangt: bei der Leichtathletik-WM in Berlin, Doping und schwarzen Männern. »Ich war ja auch mal mit einem zusammen. Der sah zwar nicht so aus wie der Usain Bolt, war viel kleiner, leider, aber auch ein Athlet.« Sie lächelte vielsagend. Im Radio lief Whitney Houston: Greatest Love Of All. Putzi drehte voll auf.
»Meine Lebenshymne!«
Sie sang mit.
»Ävrybody sörching for a hiero. People nied someone to look ap to. I never fount änyone hu fulfills mei nieds. A lonely place to bi. So I learnt to depent on mi. I decitet long ägo neva to walk in änyones shädows …«
Ich lachte. Ich konnte nicht anders.
»Das bin ganz ich!«, rief sie. »Wenn die Houston mal stirbt, dann fliege ich nach L. A. zur Beerdigung. Beim Michael Jackson wäre ich nie auf die Idee gekommen. Die Houston ist ne Lesbe – da bin ich mir sicher. Ich hatte ja auch schon mal was mit ner Frau.«
»Zu viel Information. Danke. Mir scheint, wir hätten über alles gesprochen.«
Putzi überlegte. »Außer über Gott.«
»Den sparen wir uns noch auf.«
»In Ordnung.«
Wir stellten das Radio aus und schwiegen. Ich zog meine Turnschuhe aus, stemmte die Füße gegen das Handschuhfach und knackte Pistazien. Die Schalen schmiss ich aus dem Fenster. Ich war froh, zur Abwechslung mal meine Ruhe zu haben, und widmete mich den Notizen zu meinem Reisebericht, überlegte, wie ich ihn beginnen könnte. Der Anfang ist immer das Schwerste. Mir fiel nichts ein. Also kritzelte ich kleine, dicke, große und tanzende Fragezeichen aufs Papier und stopfte mir mechanisch eine Pistazie nach der anderen in den Mund.

Die Landschaft wechselte ihren Charakter, von der flachen Ebene zu dunkelgrünen Hügeln. Wir näherten uns den ersten Höhen des Thüringer Waldes.

Nach zwanzig Minuten brach Putzi das Schweigen und bat mich, das Radio wieder einzuschalten. Auf dem Klassikkanal lief Puccini. Maria Callas als Turandot.

»Wie schön«, schwärmte Putzi, »wovon singt sie?«

»Von Liebe. Beziehungsweise von dem, was sie darunter versteht. Turandot ist eine Prinzessin, die jeden ihrer Freier köpfen lässt, der das ihm aufgegebene Rätsel nicht lösen kann. Und trotzdem versuchen es die Herren immer wieder. Eigentlich ein Märchen.«

»Ich sage sowieso immer, das Leben ist nichts anderes als ein Märchen.«

»Aha.«

»Halt nur ohne Zwerge und sprechende Vögel.«

»Und ohne goldscheißende Esel.«

»Als Märchen ist das Leben eben besser auszuhalten. Man hat die Illusion eines Happy Ends.«

»Bei Turandot weiß man nicht so recht, wie sich Puccini den Ausgang der Geschichte gedacht hat. Jemand anderes hat die Oper für ihn vollendet. Während der Uraufführung in der Mailänder Scala legte der Dirigent im dritten Aufzug den Taktstock nieder und sagte: ›Hier endet das Werk des Meisters, denn danach starb Puccini.‹ Der Saal schwieg betroffen, bis eine Stimme aus dem Publikum rief: ›Viva Puccini!‹, und Jubel losbrach. Später wurde der Schluss der Oper dann in der heute üblichen Form als Happy End aufgeführt. Aber mir gefällt gerade das Unvollendete, das Knapp-Davor, die Beinahelösung. Der Prinz fordert Turandot heraus, dabei weiß er gar nichts von ihr. Hat nur eine Illusion, hat sich nicht in sie als Frau, sondern in ein Bild von ihr verguckt.«

»Typisch Mann!«

»Turandot ist sich selbst ja auch eine Illusion. Sie gibt vor, zu sein, was sie nicht ist. Hat sich da ihre eigene Welt gebastelt. Aus Wille und Wunschdenken, so nach dem Motto, mich kriegt ihr Männer eh nicht.«
»Vielleicht wollte sie einfach nicht bekommen werden«, meinte Putzi.
»Ich denke, sie hatte Angst davor, besessen zu werden.«
»Eben deshalb habe ich nie geheiratet. Ich wollte immer meinen eigenen Willen behalten. Und das geht nicht, wenn du heiratest. Da musst du deine Persönlichkeit vorne beim Pfarrer abgeben. Obwohl mich meine Tante immer wieder verkuppeln wollte. Wegen der Grundversorgung. Mit so Idioten von der Post. Hauptsache Staatsdienst und sichere Pension!«
Wir lauschten der Melodie, und ich nahm mir wieder meine Notizen vor. Aber anstatt irgendwas Sinnvolles zu Papier zu bringen, eine Einleitung zu meinem Artikel zum Beispiel, kritzelte ich nun ein paar Figürchen aufs Papier, Putzi-Style, mit Schirm und Mützchen.

Als die 12.00-h-Nachrichten kamen, schaltete Putzi das Radio aus und fragte: »Sagen Sie ehrlich: Liebe – kennen Sie die? So wirklich wirklich?«
Ich wollte mich bewusst vage geben. »Nicht zur Gänze.« Das Thema schien mir nicht geeignet, um es jetzt und hier mit Putzi zu debattieren. Zumal ich wusste, dass sie eine eindeutige Meinung hinsichtlich meiner Verflossenen besaß. Auch wenn sie mir gegenüber scheinbar diskret blieb, so wusste sie doch stets deutlich zu machen, welche sie präferierte und welche nicht, »die Prospekte vermitteln immer ein schöneres Bild als die Realität«, und tat dies vor allem gegenüber den jeweiligen Damen selbst.
»Es gibt eine Theorie«, erklärte Putzi nun, »wonach man sich im Leben findet, selbst wenn man sich beim ersten

Mal nicht erkennt, nur aneinander vorbeirauscht, unbemerkt vom anderen. So was wie Vorbestimmung. Wenn nicht jetzt, dann halt später.«

»Oder auch nicht.«

»Ja. Oder auch nicht.«

Ich schloss die Mappe mit meinen Aufzeichnungen und deponierte sie im Handschuhfach. Hatte eh keinen Sinn und offenbar bezweckte Putzi etwas mit ihrem Smalltalk.

»Spielen Sie auf Ihren Gerhard an?«, fragte ich.

»Ich bin Ihnen ein offenes Buch, gell?«

Ich nickte.

»Es gibt niemanden, von dem ich mich lieber belesen lassen würde als von Ihnen.«

»Nett, dass Sie das sagen, Marianne.«

»Ich bin mir aber auch selbst ein offenes Buch.«

»Aha.«

»Ein ganz dickes.«

»Was war der denn so für ein Typ, Ihr Gerhard?«

»So ein bisschen wie Hansjörg Felmy in ›Und ewig singen die Wälder‹. Groß, feinnervig, Sommersprossen. Er roch nach Aqua di Selva, rauchte unablässig Rothändle und schwärmte für HWS, Himbeer-Wodka mit Schweppes auf Eis. Das war damals so ein In-Drink. Er kam aus Moos, einem Nachbardorf. Ich wirkte damals älter als siebzehn. Er nicht. Aber trotzdem waren alle gerne in seiner Nähe. Ihn hatte die Natur tütenvoll mit Charme beschenkt. ›Ich werde dich niemals aufgeben‹, sagte er. Und ich war bezirzt. ›Jeder Mensch ist spannend für vierzehn Tage‹, meinte meine Mutter damals, aber für ein Leben? Aber bei mir hielt es an, dieses Gefühl, auch noch nach zwei Wochen. Lange dachte ich ja, ich sei zu gescheit für die Liebe.«

»Wieso dachten Sie das denn?«

»Weil ich damals schwer vermittelbar war.«

»Ach so.«

»Mein stärkstes Gefühl jener Jahre war: nicht dazuzugehören. Habe auch erst mit vierzehn zum ersten Mal geküsst. Das war für mich ein großes Ereignis. Und für Sie?«

»Ich kann mich an den ersten Kuss gar nicht mehr erinnern.«

»Wie furchtbar. Auch nicht an den mit geöffneten Lippen und Zunge?«

»Auch nicht an den. Traurig, ne?«

»Ja. Aber Sie waren sicher auch nicht so schwer vermittelbar wie ich.«

»Na ja …«

»Und deshalb habe ich ja auch gedacht, ich sei zu gescheit für die Liebe. Weil mich keiner wollte. Habe also aus der Not eine Tugend gemacht und die Messlatte so hoch angesetzt, dass eh keiner der Kandidaten dem auch nur annähernd gerecht werden konnte.«

»Also verbauten Sie sich so den Zugang zu den Männern?«

»Hm.«

»Sie sind ja eine richtige Turandot!«

Putzi schmunzelte. »Meine Mutter hatte mir gesagt, die bösen Geister würden gnädig mit mir sein. Sie stand mit ihnen im Austausch, müssen Sie wissen, also nicht nur mit den bösen Geistern, auch mit den guten – behauptete sie jedenfalls. ›Richte deine Wahrnehmung auf das Unsichtbare‹, riet sie mir. Meine Mutter war verwirrt. Körperlich war sie kräftig wie ein Pferd, so wie ich, aber psychisch sehr düster. Meine Mutter meinte, da mich die Natur ohnehin schon benachteiligt habe, wären die bösen Geister nicht weiter eifersüchtig und würden mir an anderer Stelle kein Bein stellen. Also sollte ich mich nicht so anstellen, die Männer würden mich begehrenswerter finden, als ich mir das vorzustellen vermochte. Und als ich dann Gerhard traf, dachte ich, meine Mutter könnte Recht haben. Denn Gerhard war der Schwarm aller Mädchen. Aber interessiert hat er sich ausgerechnet für mich. Meine Mutter sagte auch immer ganz im Gegensatz zu Pfarrer Koch: ›Äußere deine Dankbarkeit nicht zu laut. Der eifersüchtigen Geister wegen.‹ Die gab es nämlich laut meiner Mutter auch, aber die eifersüchtigen liefen, wenn man so will, unter der Rubrik ›Böse Geister‹. Als kleines Mädchen hatte ich mir immer Lieder zusammengereimt und vor mich hin gesungen, zum Beispiel ›Wie ist das Leben so schön so schön‹, oder, ›Die Sonne scheint, keiner weint, trallala‹ – hab ich mir ganz selbst ausgedacht, kreativ, gell?«

Ich nickte.

»Meine Mutter aber wurde fuchsig. ›Posaun das Glück nicht so laut raus, Kind, wenn das die eifersüchtigen Geister hören.‹ Und tatsächlich, auch später, wenn ich mich mal beim Leben bedankte, weil es ja schön ist, das Leben, so an sich, ging prompt irgendetwas richtig daneben. Schon als Kind hatte ich ja beschlossen, fröhlich durchs Leben zu laufen, das Leben ist ja da, um zu leben, und das ist ja schön, also wollte ich mich auch bedanken und das laut in die Welt hinausrufen. Aber wann immer ich das tat, stach mich prompt eine Wespe – ich bin allergisch, oder ich bekam unerwartetes Unwohlsein oder fuhr mit dem Auto wogegen. Alles Zuviel würde bestraft, davon war meine Mutter überzeugt. Und vielleicht hatte sie ja Recht. Schauen Sie sich Kennedy an. Der hatte alles, aber unerträgliche Rückenschmerzen, die arme Sau, und sein schöner Sohn, na, den hat's gleich vom Himmel geholt. Und Mildred Scheel, erinnern Sie sich an Mildred Scheel?«

»Dalli Dalli. Saß immer in der ersten Reihe und hat für die Krebsstiftung gesammelt.«

»Ja. Meine Heldin. Die Frau habe ich bewundert. Und woran stirbt sie? An Krebs. Ausgerechnet. Ein Zuviel, egal ob ein Zuviel an Schönheit, Zuviel an Grips, Zuviel an Gut, macht die Geister möglicherweise wirklich eifersüchtig.«

Ich überlegte, ob an dieser Theorie nicht in der Tat etwas dran sein könnte, denn vielleicht sah Putzi so aus, wie sie aussah, hatte das Pech, das es in ihrem Leben ohne Zweifel gegeben hatte, weil sie in anderem zu viel besaß. Zu viel an Gutmütigkeit, zu viel an Elan, zu viel an Rückgrat. Aber ich behielt meine Gedanken für mich.
»Im letzten Sommer vorm Abitur bestätigten sich die Worte meiner Mutter«, fuhr Putzi fort, »denn obwohl oder eben vielleicht gerade weil ich keine Schönheit war, hatten die bösen Geister kurz mal nicht aufgepasst, und Gerhard, der schärfste Typ unseres Jahrgangs, hatte sich in mich verguckt. Ich fühlte mich damals nicht wohl mit mir, war doch eigentlich ein Niemand, und auch das Bett war noch keine Disziplin, in der ich glänzte wie später. Aber das störte den Gerhard nicht. Ihn faszinierten allein die Katastrophen des 20. Jahrhunderts. Das wusste ich. Das war sein Spleen. Erdbeben, Kriege und andere Unglücke epischen Ausmaßes. An jenem Tag im August, unserem ersten Beisammensein, war ich weit hinaus auf den Bodensee geschwommen – ich bin eine hervorragende Schwimmerin, müssen Sie wissen …«
Was auch sonst, dachte ich.
»Als ich mich wieder dem Ufer näherte, sah ich Gerhard, wie er auf seiner Luftmatratze dahintrieb und sich sonnte. Augen geschlossen. Mein Herz sprang mir bis in die Kehle hinauf, denn ich wusste, das ist meine Chance. Also nahm ich all meinen Mut zusammen und schrie: ›Achtung Eisberg. Titanic auf Kollisionskurs‹, und rammte ihn. ›Schweres Leck steuerbord, Titanic sinkt.‹ Das gefiel Gerhard. Und er ging unter. Der Mensch hat nur eine Unschuld zu verlieren, gell Max? Und die meine verlor ich an jenem Nachmittag. Ich nahm sein Gesicht zwischen meine Hände und küsste ihn. Eigentlich Mund-zu-Mund-Beatmung. Ich war ja die Rettung. Aber ich küsste ihn, und er ließ es gesche-

hen. Und plötzlich war es, als ob der Bodensee ein anderer See wäre.« Sie machte eine Pause. »Viel weiter und schöner. Wie der Indische Ozean.«

»Aha.«

»Und ob wir nun Titanic, Hiroshima, das Erdbeben von Kalifornien oder Atomtest auf dem Bikini-Atoll spielten, ich glänzte mit meinem Detailwissen. Hatte mich ja vorbereitet. Gerhard dachte, ich wäre das einzige Mädchen auf der ganzen Welt, das seine Katastrophen-Leidenschaft teilte. Aber meine einzige Leidenschaft war er. Wenn Sie so wollen, erschuf ich ihm eine Illusion. Ich wurde also als jemand geliebt, der ich gar nicht war. Denn mit Katastrophen hatte ich ja eigentlich nichts am Hut.«

»Hiroshima? Das Erdbeben von Kalifornien? Für einen Menschen, der nicht wie ich aus dem näheren oder weiteren Kreis der Kunst kommt, haben Sie eine starke Neigung zum Drama.«

Sie kicherte und griff in das Tütchen mit Pistazien.

»Vorsicht«, rief ich, »die Augen bitte immer schön nach vorne! Sagen Sie doch was, dann reiche ich Ihnen die Nüsse.«

»Pistazien sind keine Nüsse!«, klugscheißte Putzi und bewarf mich mit den selbigen.

»Au, was soll denn das jetzt?«

»Die Hagelkörner von Meersburg.«

»Wie bitte?«

»Die haben '59 alles verwüstet. Auch das Auto von Gerhards Vater. Gerhard mochte seinen Vater nicht. Deshalb spielten wir diese Katastrophe am liebsten. Aber Sie müssen schon drauf reagieren, auf das, was Ihnen entgegenkommt! Sonst ist es ja langweilig. Der Gerhard ist immer voll darauf eingegangen.«

»Es ist ja nicht schlecht, wenn zumindest einer von uns auf den Verkehr achtet, denke ich. Auch wenn es nur der

Beifahrer ist. Und entschuldigen Sie, Marianne, aber Kriegsspiele waren noch nie mein Ding.«
»Der Gerhard ist eben einmalig.«
»Und was ist aus dem einmaligen Gerhard geworden?«, fragte ich. »Historiker?«
»Mediziner. Wie seine Eltern. Zehn Jahre später hat er mir meinen Blinddarm entfernt. Da war er Assistenzarzt in Frankfurt. All die Jahre hatten wir uns nicht gesehen. Wir haben unsere Liebe wieder aufgefrischt – trotz der frischen Narbe –, wo wir sie Jahre zuvor hatten liegen lassen.«
»Wieso liegen gelassen?«
»Ja. Dumm.«
»Aber Sie hatten ihn ja nun wiedergefunden.«
»Die glücklichste Zeit meines Lebens. Und der Sex war toll.«
»Keine Details bitte.«
»Gerhard beherrschte alle Standards. Das volle Programm. Und mit meiner Inspiration …«
»Marianne, bitte!«
»Sex kann einen umhauen!«
»Aha.«
»Endlich konnte ich so sein, wie ich wirklich war. Nicht nur im Bett.«
»Das freut mich.«
»Überhaupt. Endlich das machen, was ich immer machen wollte.«
»Was denn?«
»Das sagt man doch so, oder?«
»Tut man das?«
»Das Gefühl, machen zu können, was man mag. Das zählt. Nicht das tatsächliche Machen. Und Gerhard hatte so eine Art, Licht in mein Leben zu bringen. Ganz hell schien es mir plötzlich in Frankfurt. Mitten rein ins Herz.«
Ich verdrehte die Augen, und Putzi kicherte. »Ich klinge wie ein Groschenroman, gell?«

Ich nickte.
»Und wir waren auch viel körperlicher …«
»Das erwähnten Sie bereits …«
»›Eines nahen Tages werden wir immer zusammen und glücklich sein‹, hat der Gerhard mir versprochen. Aber dazu kam es nicht.«
»Das verstehe ich jetzt nicht«, sagte ich, eine Spur zu hämisch vielleicht, »warum nur eine Episode? Bei dem tollen Sex!«
»Zu dem Zeitpunkt war Gerhard schon verheiratet und seine Frau schwanger.«
»Oh.«
»Falsches Timing.«
»Offensichtlich.«
»Und dann rief er nur noch an, wenn er sicher sein konnte, nicht mich, sondern meinen Anrufbeantworter zu erreichen. Alle Männer, die ich danach hatte, mussten sich an Gerhard messen. Niemand konnte mich wirklich glücklich machen.«
»Traurig.« Mich nervte der mitleidige Ton in meiner Stimme. Wie scheinheilig.
»Ja. Aber es konnte mich auch niemand verletzen, Max. Niemand hat mir das Herz gebrochen. Weder auf die richtige noch auf die falsche Art. Das ist die andere Seite der Medaille. Und das ist gut so, gell?«
Ich zuckte die Schultern.
»Meine Männer waren wie Sammelbilder. Aber DAS Bild, um die Sammlung zu komplettieren, war futsch, verloren, perdu. Und jetzt will ich es endlich haben.«
»Das Sammelbild?«
»Das Damals. Ich habe mich ja nie entliebt vom Gerhard. Verstehen Sie? Der Mensch ist doch wie ein Elefant, der vergisst nicht! Ein emotionaler Elefant. Hirn und Herz gehören zusammen. Wieso sollte man denn ab einem gewis-

sen Alter damit aufhören. Der Impuls, dem nachzugeben, war immer da. Mir scheint, dass da eine Möglichkeit schlummert, die nur auf Entdeckung wartet. So hab ich mir den Impuls zumindest gedeutet. Aber ich hab ihn immer wieder weggedrückt, wie so ein Handyklingeln.«

»Und der Wegdrückknopf funktioniert nun nicht mehr?«

»Doch. Aber jetzt hab ich halt mal angenommen. Ist doch klüger, auf sein inneres Klingeln zu hören als auf seinen Verstand, gell?«

»Ich weiß nicht …«

»Habe genug davon, mich immer nur selber an der Backe zu haben. Genug davon, zu glauben, der einzige Weg, glücklich zu sein, sei, sich selbst zu verleugnen. Jetzt wird dem Glück entgegengetreten! Stirn an Stirn! Von Angesicht zu Angesicht! Ich bin der Kapitän meiner Seele. Der Steuermann meines Ichs! So, und jetzt wissen Sie, warum wir zu meinem Abiturtreffen fahren!«

»Ich will ja keine Zweifel säen«, entschuldigte ich mich, »aber, nun ja, wie soll ich mich ausdrücken …«

»Sagen Sie's einfach.«

»Vierzig Jahre sind vierzig Jahre.«

»Was sind vierzig Jahre, wenn es um die große Liebe geht?«

»Ja, aber … ich mein ja nur. Also, so schön dieser Wunsch ja ist, er ist doch ein kleines bisschen unwirklich, denken Sie nicht?«

»Das Leben wird mit zunehmendem Alter eh immer unwirklicher. Und ich verwundere mich ja gerne über mich selbst. Demnach kann ich ja nur positiv überrascht werden. Und außerdem, da ist ja noch das Schicksal und das Universum. Verstehen Sie?«

Tat ich nicht. Putzi-Logik! Als hätte das Universum nichts anderes zu tun, als Putzi wieder mit Gerhard zusammenzuführen. Nach vierzig Jahren! Aber ich hielt mich zurück. Putzi blickte stur nach vorne auf das konturlose Grau der

Fahrbahn. Ihre Worte schienen optimistischer als sie selbst.

»Was ist das für ein Scheiß, den ich hier von mir gebe«, sagte sie, »ich dachte, der Vorteil am Alter ist, dass man vorbereitet ist, vorbereitet auf knifflige Situationen. Aber ich habe Angst vor dem, was vor uns liegt.«

Ich hätte antworten sollen, dann schauen wir halt nicht nach vorne, sondern bleiben im Jetzt, hätte dabei wie aus einem bescheuerten Film geklungen und wäre mir dämlich vorgekommen, phony. Denn an Putzis Stelle hätte ich auch Angst gehabt.

Total hirni die Idee, sich nach vierzig Jahren etwas zu versprechen. Unverantwortlich und bescheuert. Aus eigener Erfahrung weiß ich, dass sich alles, was war, mit der Zeit davonstiehlt. Es entwindet sich dir. Da kannst du noch so achtsam sein. Was, wenn Putzi Gerhard überhaupt nichts mehr bedeutete. Ich wollte weiter nachhaken, aber beschloss, Putzi vorerst an ihre Mission glauben zu lassen. Die Idee tat ihr gut. Wenn sich auch erste Risse in Putzis Märchenwelt auftaten.

Also fragte ich, ob sie nicht vielleicht ein wenig Kaffee wünsche, ob ich nicht die Musik wieder andrehen solle, aber sie schüttelte den Kopf, hing offensichtlich ihren Gedanken nach. Mir war das unangenehm. Hatte das Gefühl, ich müsste mich eindeutiger verhalten. Dumme Situation. Ich spürte es in meinem Unterleib brodeln. Die Stimmung packte mich. Mein Magen schien mir durchzufallen, stand kurz vor einer Eruption. Das kenne ich, von Momenten, in denen ich nicht weiterweiß. Ich suchte in meinem Festplattenspeicher nach einem passenden Rap, den ich mir selbst hätte auflegen können. Zur Ablenkung.

P-P-P-utzi in Love
Ey Jo Digger
G-G-G-erhard is ein Fuzzi, l-l-liebt aber die Putzi …

Der Beat wollte mir nicht gelingen. Scheiße. Im buchstäblichen Sinne. Hilflosigkeit verursacht mir Durchfall. Ich griff zu den Feuchties in der Sanitätstasche und bat: »Könnten wir bitte anhalten? Ich muss mal. Dringend!«
Putzi nahm die Autobahnausfahrt, fuhr die Bundesstraße bis zur nächsten Einmündung. Und als ob uns ein guter Geist an diesen Ort geführt hätte, um unser Stimmungsbarometer aus den tiefsten Tiefen in die höchsten Höhen schnellen zu lassen, verkündete das schindelbedachte, kunstvoll geschnitzte Ortsschild der vor uns liegenden Gemeinde: ›Grüß Gott in Poppenhausen‹. Da wusste ich, der Tag war gerettet! Mein Magen hörte augenblicklich auf zu rumoren. Putzi strahlte und ließ einen derben Spruch nach dem anderen vom Stapel.
»Marianne, Sie sind eine Dame!«
»Ich bin keine Dame!«
Eine Oma, die mit ihrem Hackenporsche des Weges kam, baten wir, uns zu fotografieren. Es dauerte ein Weilchen bis sie den Dreh mit der Digitalkamera raushatte. Wir kletterten über eine rückseitige Stütze auf den untersten Balken des Schildes, zwängten uns durch die Öffnungen links und rechts und winkten zwischen ›Grüß Gott in‹ und ›Poppenhausen‹ der Kamera entgegen.
»Poppenhausen – ein verheißungsvoller Auftakt zu einer phantastischen Reise«, befand Putzi. Ich drängte zum Aufbruch. Wir mussten weiter, denn in Würzburg, dem eigentlichen Startpunkt unserer Tour entlang der Romantischen Straße, wartete bereits mein Schauspielkollege Philipp alias Inge Meysel auf uns.

ISCH GRÖSSE SIE, ISCH PUTZE SIE

Philipp hat als Kind mit Inge Meysel gedreht – in der Garderobe ließ sie vor ihm die Hüllen fallen –, seitdem liebt Philipp es, ihre Sprechweise und Eigenarten zu parodieren, also heißt er bei uns nur noch ›Frau Meysel‹. Philipp ist omni-kreativ, nicht ›nur‹ Schauspieler, sondern auch Filmemacher und Fotograf. Er hat mit Putzi, die er auf meiner Geburtstagsparty kennenlernte, die Bildstrecken ›Putzis Tod‹ und ›Putzis Wiederauferstehung‹ inszeniert. Erstere haben wir in Putzis Küche aufgenommen. Dafür mussten Putzi und ich uns so lange die Kante geben, bis wir wie tot auf dem Boden lagen. »Einer geht noch!«, befeuerte uns Philipp und schenkte nach. Allein, wie bekam man die einmal in all ihrer Fülle auf den Küchenboden gesunkene Putzi wieder auf die Beine? »Ich will in mein Wasserbett«, lallte sie.

O.K. Die Frage war: Wie? Wir beschlossen, sie für die Nacht liegen zu lassen, damit nicht noch etwas zu Bruch ginge, und schoben ihr ein paar Kissen unter. Dafür schlief ich dann in ihrem Wasserbett – ausgesprochen unruhig, die Wellen sind nichts für mich, ich musste mich übergeben, vielleicht lag's aber auch am Alkohol oder an der Kombination. Philipp jedenfalls war begeistert und hielt alles mit seiner Kamera fest. »Für die Kunst«, wie er meinte und amüsierte sich prächtig, mir eine Spur zu schadenfroh, aber ich hatte keine Kraft, um weiter darüber nachzudenken. Ständig drückte Philipp seine Kamera auf ›Wiedergabe‹, ›Zurück‹ und ›Vor‹, um sich die Fotos noch einmal anzusehen. »Ohne Worte«, lachte er, »das kann man nicht erfinden, großartig!«, und steigerte sich immer weiter rein ins Ach-so-lustig-Finden, als wären wir zwei Tiere im Zoo. »Keine Sorge, Max, alles für die Kunst!«

Für die Folge-Bildstrecke ›Putzis Wiederauferstehung‹ organisierte sich Philipp im ›Kostüm- und Dekofachhandel Georg Behrendt‹ in der Schöneberger Hauptstraße eine güldene Perücke und borgte sich von Laila, dem bosnischen Nachbarskind, ihren Lillifee-Zauberstab, um Putzi dergestalt ausgestattet für ihn und seine Kamera um den glitzernden Weihnachtsbaum im Foyer des KaDeWe springen zu lassen. ›Die Niederkunft des Putzi-Engels‹. Philipp war ganz in seinem Element, »toll, mehr davon, mach auf, gib's mir, lass es raus. Du bist der Engel!«
Mir war das peinlich, und ich weigerte mich, als Gottvater mitzumachen, der dem wiedergeborenen Putzi-Engel für seine Reise zurück auf die Erde alles Gute wünscht. Vor allem hatte ich Angst, man könnte mir Hausverbot erteilen. Ich liebe das KaDeWe, vor allem die sechste Etage, das Feinkostparadies, die Spezialitäten aus aller Welt, ein Traum, das wollte ich auf keinen Fall aufs Spiel setzen, für nichts und niemanden, erst recht nicht für so eine blasphemische Kunstkacke.
»Wie spießig! Sind Sie nicht wenigstens bereit, ein klitzekleines Opfer zu bringen«, stichelte Putzi, und Philipp spottete: »Das ist doch nun wirklich nicht zu viel verlangt – für die Kunst!«

Die einzige von Philipps Fotostrecken, die ich als gelungen erachte, ist ›Putzi zaubert‹. Dafür hat er Putzi als eine Art weiblichen Harry Potter verkleidet, mit Umhang und Pennälerbrille, und vor Igor Jedlins Zaubertheater in Berlin-Wilmersdorf platziert. Dort hat Putzi Glitzerkonfetti in die Höhe geworfen, das wie Zauberstaub auf sie niederrieselte, und ihren Feenstab geschwungen, jenen von ›Putzis Wiederauferstehung‹, den sie vergessen hatte, der armen Laila zurückzugeben.
Igor Jedlin ist eine Westberliner Institution. Den gab es schon, als ich noch Kind war. Putzi meint, der Jedlin müss-

te mittlerweile älter als Johannes Heesters sein. Auf jeden Fall ist er ihr viel sympathischer. Das ist aber auch nicht weiter verwunderlich. Den Heesters kann Putzi nämlich ganz und gar nicht leiden, seit sie ihn vergangenen Winter als Kaiser Franz Joseph im Weißen Rössl in Hamburg sehen sollte. Sie hatte keine Lust, »wegen dem Tattergreis extra nach Hamburg zu reisen«, aber die dicke Karin von Karin's Eck ist Jopies größter Fan und hatte sich selbst zum Sechzigsten mit einer Karte beschenkt. Allein, pünktlich zu ihrem Geburtstag streckte sie eine ihrer Migräneattacken nieder, und so bat sie Putzi, anstatt ihrer die Reise anzutreten. »Wer weiß, wie lange der noch lebt, wäre doch schade um die teure Karte!« Wenn's um den Jopie geht, duldet die dicke Karin keinen Widerspruch. Also ist Putzi in der festen Absicht, für Karin ein persönliches Autogramm zum Geburtstag zu ergattern – und auch nur dafür –, nach Hamburg gefahren. Karin weiß um Putzis Kunstfertigkeit im Fälschen, sie kennt die Geschichte von Lianes Adorno/Adoro-Karte, deshalb verlangte sie ein Echtheitszertifikat in Form einer Unterschrift auf der Eintrittskarte, die an der Kasse in Hamburg hinterlegt war. Aber an diesem Abend trat Johannes Heesters bei ›Wetten, dass …?‹ auf und war von der Inszenierung für einen Tag beurlaubt – was für eine Enttäuschung, plötzlich gab's keinen Kaiser mehr, Franz Joseph gestrichen, einfach so. Putzi hat in der Pause das Theater verlassen, sich ein Fischbrötchen gekauft und der dicken Karin dennoch ein Autogramm mitgebracht, eigenhändig verfasst – und unterschrieben: »Werte Karin, Kopf hoch, Migräne kenn ich, wie so vieles, und gehe immer noch ins Maxims, demnächst mit Ihnen? Küss die Hand, Ihr Jopie!« Die dicke Karin war überglücklich und ihre Migräne wie ausgeknipst. Aber für Putzi stand fest: »Wenn schon ein ausrangiertes Modell, dann Igor Jedlin!« Und in der Tat, Igor Jedlin ist ein Unikat. Ein uralter russischer Zauberer mit eigener kleiner Bühne. Besser als jeder Theaterbesuch, weil: totaler Trash und dabei so liebevoll, dass man nicht weiß, ob man lachen oder weinen soll – großartig! Jedes Mal, wenn Frau Meysel in der Stadt ist, besuchen wir gemeinsam mit Putzi Igor Jedlins Zaubershow.

Zur Zeit unserer Reise arbeitete Philipp an einem Kurzfilmprojekt mit dem Titel: ›Leni Riefenstahl, Inge Meysel, Franka Dietzsch und der gestiefelte Kater machen einen Ausflug‹. Das Treatment liest sich wie folgt: Leni Riefenstahl, Inge Meysel, Franka Dietzsch und der gestiefelte Kater machen einen Ausflug. Sie besuchen das Berliner Olympiastadion, Bullenhausen an der Elbe und das Märchenland Taunus Wunderland. Der gestiefelte Kater rezitiert Hölderlin, Inge Meysel singt ›I can't get no satisfaction‹, dann nehmen sie Platz auf dem Diskus von Franka Dietzsch, fliegen hinein in den dunklen deutschen Wald und wieder hinaus, setzen sich Nasenklammern auf und machen Wasserballett im Strandbad Wannsee.
Sein Thema, so sagt Philipp, seien die deutsche Frau und ihre Abgründe. Sein Wunsch: Leni Riefenstahl sollte von Putzi gespielt werden, die Rolle der Meysel würde er natürlich selber übernehmen, Liane sollte Franka Dietzsch geben und die Kostüme fertigen – Liane hatte ihr Franka-Dietzsch-Trikot bereits am nächsten Tag fertig genäht, aber die Sponsorenwerbung weggelassen, »ich bin doch keine wandelnde Litfaßsäule!«.
»Aber du bist ja nicht ›du‹, sondern Kunst!«, meinte Philipp, aber Liane insistierte: »Ich trete nur ohne Werbung auf.« Und der barocke Peter, ein Schweizer Kollege von uns – mir einer der liebsten – hatte eingewilligt, den gestiefelten Kater zu übernehmen. Für mich war keine Rolle dabei. Typisch. Aber ich beschwerte mich nicht. Bislang war das Projekt eh bei allen Förderstellen durchgefallen.

Begründung: Die antisemitische Haltung von Leni Riefenstahl würde nicht ausreichend beleuchtet.
Eigentlich hatte ich angeregt, eine Musicalfassung zu ›Wir Kinder vom Bahnhof Zoo‹ zu erarbeiten. Mit Putzi als Christiane F., so eine Parodie auf meine Westberliner Kindheitstraumata. Ich fürchte noch heute, beim S-Bahnfahren mit einer Nadel gestochen zu werden. Mein zweiter Horror: das Grips-Theater. Dieses betuliche Gutmenschgetue ging mir schon als Kind auf den Geist. Jeder zweite Schulausflug und jeder dritte Kindergeburtstag führte nach Moabit. Da gab es kein Entkommen. ›Linie 1‹ habe ich gefühlte einhundert Mal ertragen. Warum also keine bedrogte Putzi singend und tanzend in der U8? Leider blieb mein Gesuch erfolglos. Putzi wollte sich mit Christiane F. nicht identifizieren und zog es vor, von Philipp als Leni Riefenstahl auf Zelluloid gebannt zu werden. Philipp wiederum wollte, so schien es mir, Putzis und meine Reise ausschlachten, um Material für sein Vorhaben zu sammeln. »Wäre das okay, wenn ich euch ein Stück begleite?«
Putzi und ich hatten nichts einzuwenden, wobei ich mich schon ein wenig unwohl bei dem Gedanken fühlte, es könnte im Namen der Kunst wieder in Exzessen auf Küchenböden enden, aber ich schluckte meine Zweifel runter, und so hatten wir uns mit Philipp für den Nachmittag am Würzburger Hauptbahnhof verabredet.

Philipp zeichnet sich durch eine Vielzahl von Interessen aus, neben Schauspiel und Fotografie auch Schachboxen, Hot-Yoga und das Sammeln von Zugansagen, die er mit seinem iPhone aufnimmt, wenn er mit der Bahn unterwegs ist. Seine Vorlieben ändern sich allerdings so schnell, dass man zuweilen den Überblick verliert. Außerdem pflegt unser junger Freund seine Geheimnisse. Er redet zum Beispiel nicht gern über seine amourösen Abenteuer. »Da halt

ich's wie die Meysel. Die hat gesagt: Machen kannste alles, aber du musst die Schnauze halten!«
Philipp wartete schon, als wir mit unserem Putzi-Mobil um die Ecke bogen. Wir parkten und liefen ihm winkend entgegen.
Philipp sieht mit seinen Ende zwanzig nach wie vor aus wie sechzehn. Ein blonder Schlaks mit großen Haselnussaugen, die allem und jedem neugierig begegnen. Von der Wirkung her nach wie vor ein Schauspielstudent: stets gut gelaunt, Trainingsjacke, windschiefe Vorwärtsfrisur.

Vor einigen Jahren, da war Philipp noch auf der Schauspielschule, haben Putzi und ich ihn zu seiner Abschlussvorstellung besucht. Der sächsische Schauspieler Wolfgang Stumph saß auch im Publikum. Als wir in der Reihe an ihm vorbeigingen, blickte er von seinem Programmheft auf. Vielleicht nahm er an, Putzi sei jemand Wichtiges, eine Regisseurin, eine Casting-Frau vielleicht, jedenfalls sagte er sehr freundlich, um eine hochdeutsche Aussprache ringend und dennoch mit breitestem sächsischem Einschlag: »Isch größe Sie!« Putzi war total gerührt und hat Philipp, anstatt ihm nach der Vorstellung zu gratulieren, als Erstes berichtet: »Du, dieser Schauspieler, der Postbote da vom ZDF, der Stumphi, der hat zu mir gesagt ›Isch größe Sie!‹«
Seitdem begrüßt Philipp Putzi immer mit ›Isch größe Sie‹, so auch an diesem Tag: »Isch größe Sie!«, und breitete seine Arme aus, und Putzi antwortet dann – warum, erschließt sich mir bis heute nicht – mit: »Isch putze Sie!« Ein Ritual. Philipp hat Putzi sogar ein Stumphi-Lied gedichtet. Ganz aufgeregt war er, es uns endlich zu präsentieren. Anstatt noch durch Würzburg zu schlendern, wollten Philipp und Putzi sofort ab ins Auto und losfahren, um sich das Lied anzuhören.

ENTENJAKOB

Eigentlich war Philipp auf dem Weg zum Entenjakob. Vor einigen Monaten hatte seine Freundin weinend vorm Fernseher gelegen. Oh Gott, was hab ich jetzt bloß wieder falsch gemacht?, hatte Philipp sich gefragt, aber er war gar nicht schuld, es waren Tränen der Rührung. Es lag nicht an ihm, sondern an Rach, dem Restaurantkritiker von RTL, der den Besitzern vom Entenjakob, einem strauchelnden Ausflugslokal in Brühl bei Heidelberg, aus der Pleite geholfen hatte – ein im besten Sinne rechtschaffenes Pärchen, dessen Gasthaus kurz vorm Konkurs gestanden hatte. Aber dann kam Rach und mit ihm das Glück. Der Laden brummte, und die Besitzer waren von ihrer unverhofften Wiedergeburt genauso gerührt wie die Freundin vom Philipp und Millionen Fernsehzuschauer. Daraufhin beschloss Philipp ganz spontan: »Sobald wir Theaterferien haben, reisen wir zum Entenjakob, quer durch die Republik, wir fahren durch unsere Heimat, unsere Geschichte, unsere Seele, mitten hinein ins Herz der Finsternis. Scheiß auf Bali!«

»Oh ja, Philipp, das wäre fein, wie schön, ich liebe dich!«

Philipp hatte gar keinen Bock auf den Entenjakob, er wäre viel lieber wie in den Jahren zuvor zu Freunden nach Indonesien oder Mallorca gereist, »aber was macht man nicht alles für seine Alte«, erklärte er mir am Telefon.

Die Wochen vergingen, Philipp hatte sich unterdessen Schirmmützen mit dem Emblem vom Entenjakob schicken lassen, sich beim ADAC nach der Reiseroute und romantischen Übernachtungsmöglichkeiten erkundigt, seinen Fiat Punto klargemacht, da verkündete seine Freundin: »Philipp, also bitte, das ist doch jetzt nicht dein Ernst! Ich habe keine Lust, meinen Sommer im verregneten Deutschland

zu verbringen. Was ist mit Bali oder wenigstens Malle? Also nein, wirklich, nee, durch Deutschland kannste alleine tuckern, wat'n Scheiß. Aber bitte, fahr du doch.«
»Ohne dich neben mir ist der Trip keine Erinnerung wert.«
»Warum photoshoppst du mich nicht einfach in die Fotos, die du auf der Reise machst? Und gut ist!«
Die anschließende Diskussion unterschlug Philipp. An deren Ende jedenfalls stand kein ›Wir‹ mehr, sondern nur noch ein ›Sie‹ und ein ›Er‹ und Philipps unumstößlicher Plan: Entenjakob jetzt erst recht! Er wollte Putzi und mich bis Rothenburg begleiten und dann den Neckar rauf, die Burgenstraße entlang nach Brühl bei Heidelberg. Er schenkte Putzi die Schirmmütze, die er eigentlich für seine Freundin bestellt hatte.
»Klasse!«, befand Putzi. »Und keine Sorge, die kommt von ganz alleine zurück, nur nicht zu oft auf Inge Meysel machen, das könnte irritieren!«
Dabei sollte uns seine Meysel-Performance das Abendessen sichern.

Putzi und Philipp drängten also zurück zum Auto, um sich die CD anzuhören.
»Aber wir müssen doch zumindest zum Deckenfresko in die Residenz«, wandte ich ein.
»Ich kann nicht ewig stehen und nach oben glotzen. Mein Rücken!«, beschwerte sich Putzi.
»Dann zumindest in den Kiliansdom!«
»Wir kommen noch an genug Kirchen vorbei«, meinte Philipp.
»Zu Würzburg am Stein
Zu Klingenberg am Main
Zu Bacharach am Rhein
Da wächst der beste Wein!
Lasst uns wenigstens einen Schluck nehmen? Einen lecke-

ren Riesling, einen Silvaner? Wir sind hier in *der* Weinlage Deutschlands.«

»Ich darf nicht trinken«, sagte Putzi, »ich muss schließlich fahren! Und der Fahrer bestimmt. Aufbruch!«

»Darf ich euch erinnern, die ganze Reise unternehmen wir nur, damit ich einen Bericht über die Romantische Straße und ihre Highlights verfassen kann!«

Philipp öffnete seinen Rucksack. »Ich hab dir ein paar Bücher über die Region hier mitgebracht, kannste abschreiben!«, schob die Karaoke-Version von Barry Manilows ›Can't smile without you‹ in den CD-Spieler und fiel mit ein: »Isch größe Sie, isch putze Sie!« – immer wieder – »Isch größe Sie, isch putze Sie!« auf den Refrain drauf von ›can't smile – without you‹, funktioniert in der Tat super, statt ›can't smile – without you‹ jetzt ›Isch größe Sie – isch putze Sie‹.

»Das wird die Hymne unserer Reise«, rief Putzi.

»Isch größe Sie – isch putze Sie!«

Damit überquerten wir den Main, ließen die Festung Marienberg hinter uns, folgten der Tauber, bis sich das Tal zu einer anmutigen Landschaft mit sanften Hügeln öffnete und Putzi und Philipp sangen: »Isch größe Sie – isch putze Sie!«

DAS GESCHISSENE GLÜCK

»Isch größe Sie!«
»Isch größe das Putzi-Mobil.«
»Isch größe die Romantische Straße!«
»Isch größe die A 81.«
»Isch größe die Dichter und Denker.«
»Isch größe Loch Ness.«
»Isch größe den deutschen Wald.«
»Isch größe die deutsche Seele.«
»Isch größe die deutsche Frau!«
Putzi und Philipp verstanden sich bestens. Ich saß auf der Rückbank, eingeklemmt zwischen Putzis Luftmatratze und Philipps Fotoausrüstung, und war froh, meinen Gedanken nachhängen zu können. Ich sagte auch nichts, als die beiden Tauberbischofsheim links liegen ließen, dabei hatte ich mir noch den Mund fusselig geredet; Olympiastützpunkt der Fechter, Bocksbeutel, neugotisches Rathaus, erntete jedoch nur Unverständnis und genervtes Augenverdrehen. Aber die vorbeiziehende Landschaft versöhnte mich. Ich genoss die Aussicht, Weinberge, so weit das Auge reicht, und überlegte, möglicherweise auf Philipps Vorschlag einzugehen, die Höhepunkte der Reise einfach aus einem seiner Bücher abzuschreiben – sofern das zur Schau getragene Desinteresse meiner Fahrtgenossen anhielte. Ich schloss die Augen und machte es mir gemütlich.

Wir fuhren gerade in Mergentheim ein, als ich aufwachte.
»Sie machen ein Schläfchen, während wir malochen!«, schimpfte Putzi. »Pipi-Pause und Brotzeit!«
Ich schaute aus dem Fenster. Wir hielten auf einem Lidl-Parkplatz. Vor uns patrouillierte eine Traube uniformierter Damen, eigentlich noch Teenager. Alle trugen kleine dun-

kelblaue Herrenhandtaschen und folgten wie Lernschwestern im Krankenhaus einer Oberin, die als Einzige ein Hütchen aufhatte und wie ein Fluglotse mit beiden Armen die Richtung vorgab.
»Sind das Polizistinnen oder Schulmädchen?«, fragte ich noch leicht benommen.
»Schlimmer, Politessenazubienen«, höhnte Putzi, »ein ganzes Rudel. Hier muss ein Nest sein, wo diese Scheiß-Weiber wie am Laufband reproduziert werden, die mir später einen Strafzettel nach dem anderen aufs Auge drücken.«
»Sie haben doch gar kein Auto, nur einen Roller«, warf ich ein.
»Hier geht's um Solidarität!«
Ich kletterte aus dem Putzi-Mobil und zog ein Ticket für drei Stunden. Als ich an der uniformierten Gruppe vorbeikam, hörte ich die Oberin zackig Anweisungen geben. »Seid wachsam, aber unsichtbar, unerwartet und allgegenwärtig!«
Die Mädchen verfolgten mich aufmerksam, sichtlich enttäuscht, da sie wohl gehofft hatten, dass ihnen mit uns die erste Beute ins Netz ginge.
»Was denn, ganze drei Stunden beabsichtigen Sie hier zu bleiben?«, fragte Putzi entsetzt.
»Das ist ja nun wirklich nicht viel Zeit für so ein Kleinod wie Bad Mergentheim!«
»Kleinod? Hier sieht's aus wie überall.«
»Deshalb wollen wir uns ja auch ein wenig die Füße vertreten und uns die Kostbarkeiten des Ortes ansehen und nicht den genormten Lidl-Parkplatz.«
»Nichtssagende Häuser mit hässlichen Ziegeldächern. Reisen ist eine große Zeitverschwendung.«
»Das ist ja nun wirklich Quatsch.«
»Was?«
»Ihre dummen Äußerungen.«

»Das fühlt sich an wie ein Streit.«
»Wer hat denn angefangen?«
»Isch größe Sie«, versuchte Philipp, die Situation zu entkrampfen.
»In einer Kontroverse«, beharrte Putzi, »sollen Meinungen ausgetauscht werden und nicht jeder bei seiner Überzeugung bleiben.«
»Und das Ergebnis ist dann Ihr Standpunkt? Nur weil Sie zu faul sind, sich vom Fleck zu bewegen.«
»Wut ist eine Schwäche«, erwiderte Putzi, »wer schreit, hat Unrecht.«
»Ich schreie nicht!!«
»Und ob Sie schreien. Ihr Gesicht ist schon ganz nass vom Schreien.«
»Gar nicht wahr. Und überhaupt, Sie schreien nicht minder!«
»Ich schreie immer. Das ist bei mir normal!«
Und Philipp: »Isch größe Sie!«
»Marianne, Sie haben eine so kindliche Herangehensweise ans Leben, dass ich verzweifle …«
»Hörst du, Philipp«, rief Putzi, »jetzt nennt er mich schon kindisch …«
»Kindlich, nicht kindisch«, sagte ich, und dann in einem Ton, der keinen Widerspruch duldete: »Schluss jetzt mit dem Blödsinn.« Das wirkte. Zu meiner Überraschung, muss ich gestehen.
Putzi wuchtete sich zornbebend aus dem Putzi-Mobil, wie eine renitente Schülerin, die ihrem Lerner gehorchen muss, während ihr kein weiteres Wort über die Lippen kam. Was ich offenbar unterschätzt hatte, war ihre Empfänglichkeit für klare Vorgaben. Ich machte mir eine Notiz auf meiner Festplatte unter der Rubrik ›Umgang mit Bekloppten‹: ›Anweisungen, keine Vorschläge.‹
»Soll ich mein Outfit mitnehmen?«, fragte Philipp.

»Dein Outfit?«
»Kleid und Hut der Inge Meysel.«
Im Vorfeld der Reise hatte ich Philipp gegenüber zum Spaß behauptet, er habe seinen Teil zur Reisekasse beizutragen.
»Aber wie denn«, hatte er gefragt, »meine Gage ist doch viel zu mickrig!«
»Für Entenjakob reicht es schließlich auch«, hatte ich geantwortet, »dann stellen wir dich auf jeden einzelnen Marktplatz und lassen den Klingelbeutel rumgehen.«
Offensichtlich hatte Philipp das ernst genommen und war bereit für seinen Einsatz. Ich rekapitulierte, dass mir offenbar eine Autorität mitgegeben war, von der ich bislang nichts geahnt hatte, und beschloss, sie künftig öfter einzusetzen.

Wir spazierten schweigend nebeneinanderher, an den prächtigen Bürgerhäusern und dem Barockpalais des Marktplatzes vorbei, zum ehemaligen Residenzschloss der Hoch- und Deutschmeister. Ich zückte mein schwarzes Moleskine-Notiz-Heft, Soft Pack, und notierte: ›Putzi nervt, hat aber Recht, nicht sonderlich aufregend hier.‹
Putzi schlurfte derweil demonstrativ gelangweilt durch die Gegend wie ein quengelndes Kind, sodass ich schließlich fragte: »Mag irgendjemand ein Eis?«
»Aber nur, wenn es kein Fabrikeis ist«, antwortete Putzi.
Auf diese Ebene der Diskussion ließ ich mich erst gar nicht ein. Da Putzi immer der Ansicht ist, sie sei DIE Meisterköchin, hat sie an allem Kulinarischen, was nicht aus ihrer Küche stammt, irgendwas auszusetzen.
Der erstbeste Italiener der Fußgängerzone war meine Wahl. Wir stellten uns an die Theke und studierten das Angebot. Stracciatella, Nocciola, Fragola, aber auch Ausgefalleneres, wie Pumuckl und Schlumpf.
»Was wunschen Sie?«, fragte der Verkäufer mit buschigen Mario-Adorf-Augenbrauen und dünner werdendem, dun-

kel gelocktem Haar. Philipp bestellte zwei Kugeln Schokolade, ich Spaghetti-Eis und ne Cola.
»Das ist doch nicht selbstgemacht, das sehe ich doch!«, moserte Putzi. In ihrer Stimme lag nackter Ekel.
»Jetzt bitte keinen Stress. Ist doch egal«, zischte ich.
»Nicht selbstgemacht!« Sie wiederholte ›nicht selbstgemacht‹ mit solchem Widerwillen, als wären dies zwei Wörter, die man nicht in den Mund nimmt, weil sie geeignet sind, auf der Stelle Salmonellen auszulösen.
»Aber naturrlich!«, protestierte der Verkäufer.
»Papperlapapp! Und Italiener sind Sie auch nicht!«
Ich sah mich schon den Rest des Lebens von der Camorra verfolgt – aber es kam anders.
»Sie sind es?!«, rief der Verkäufer in akzentfreiem Deutsch. »Ihnen kann man in der Tat nichts vormachen. Ein Wunder. Ich dachte, Sie kämen erst später. Willkommen in meiner bescheidenen Hütte!« Ich hatte keine Ahnung, woher sein plötzlicher Stimmungsumschwung rührte. Offenbar meinte er, uns zu kennen. Überschwänglich streckte er erst Putzi, dann mir und Philipp die Hand hin. »Ich heiße Luigi«, ein Zögern, »aber Sie können mich auch Lutz nennen«, und wies uns einen Tisch in der Ecke des Raumes an, »da sind wir ungestört!«
»Sie sind gar kein Italiener?«, fragte ich verwirrt.
»Ich stamme aus Rostock. Espresso oder Kaffee?«
Putzi bestellte Kaffee. »Schwarz, keinen Zucker, keine Milch. Sie haben ja sicher keinen braunen Zucker und nur H-Milch, gell?«
»Wieder richtig! Unglaublich. Was werden Sie mir erst verraten, wenn Sie in meiner Hand lesen. Einen Augenblick. Ich bin gleich wieder zurück.«
»Ich verstehe nicht, was dieser Herr will«, sagte Putzi.
»Er glaubt, Sie lesen ihm aus der Hand.«
»Wie kommt er denn darauf?«

»Weiß nicht«, sagte ich, »können Sie das?«
»Aus der Hand lesen?«
»Isch größe Sie!«, lachte Philipp. »Hätte ich mal Hut und Mantel mitgenommen!«
»Kinder, reißt Euch bitte zusammen«, mahnte ich, »transzendentalen Gefühlen seiner Mitmenschen muss man mit Achtung begegnen.«
»Setzen Sie sich«, bat Luigi-Lutz, der gerade die Cola auf den Tisch stellte, dabei ein wenig verschüttete und gleich darauf wieder verschwand.
»Die Kellner heutzutage scheinen ungeschickter als früher«, bemängelte Putzi.
»Der ist ganz aufgeregt«, meinte Philipp.
»Ich habe ja in der Tat ein gewisses Talent, in die Zukunft zu schauen.« Putzi lächelte wie ein ertapptes kleines Mädchen.
»Das hätte ich jetzt nicht gedacht, dass ausgerechnet Sie von einer Existenz des Übernatürlichen überzeugt sind«, sagte ich mit einer Spur Ironie, die aber niemand am Tisch bemerkte. Also nippte ich an meiner Cola, die ohne Kohlensäure war, und ließ Putzi weiter schwadronieren.
»Als es der Liane so schlecht ging, nach dem Konkurs ihrer Wurst-Bude und der Sache mit den Grasnegern, hat sie vom Erwin ein Buch geschenkt bekommen, das Arbeitsbuch zum I-Ging. Der Erwin ist ja so ein allgemein Gläubiger. Also ich meine, jemand, der an vieles glaubt, auch an den Frosch auf seinem Hintern zum Beispiel, der Wünsche erfüllt, wenn man ihn küsst, und solche Dinge. Das mit dem Froschküssen hat die Liane in ihrer Verzweiflung auch mal probiert, aber erfolglos, natürlich. Der Wunschfrosch hat ihr nicht helfen können, dafür das Arbeitsbuch zum I-Ging. Darin sind Symbole und Schriftzeichen erklärt, die Vorhersagen für die Zukunft machen. Die Liane hat eines Morgens …« Putzi lehnte sich vertraulich über den Tisch,

»… die Liane hat nämlich das Glück, immer morgens zur selben Zeit aufs Klo zu können. Beneidenswert. Jedenfalls hat sie eines Morgens ein Hufeisen geschissen, da habe ich ihr gesagt, um sie auf gute Gedanken zu bringen, schau mal nach, was das bedeutet. Das Hufeisen gab es nicht im Arbeitsbuch zum I-Ging, da habe ich es einfach dazugemalt. Ich bin ja gut im Fälschen, wissen Sie ja, gell?«
»Ich erinnere mich, ja.«
»Liane ist gleich darauf in die Spielbank und hat 3450 Euro gewonnen.«
»Isch größe Sie!«, lachte Philipp.
»Ich habe mich dann eingehender mit dem Phänomen der Symbolik beschäftigt, und tatsächlich, was soll ich Ihnen sagen, ich habe die Wiedervereinigung geschissen. Wirklich wahr und echt kompliziert das Zeichen. Ich hab natürlich nicht an die deutsche gedacht, sondern es ganz persönlich gedeutet, tja, und was dann passiert ist, wissen wir ja! Sonst hat es nur bei Kleinigkeiten funktioniert. Die Gewissenhaftigkeit kacke ich ständig, aber was soll ich mit Gewissenhaftigkeit anfangen? Ein Hufeisen hatte ich noch nicht. Die Liane später auch nie wieder. Aber wenn man so will, ja …«, sie hob stolz das Kinn und setzte mit konspirativer Stimme hinzu, »ich denke, man kann schon sagen, ich bin eine Deuterin.«
Luigi-Lutz servierte das Eis und den Kaffee und zog sich gleich darauf wieder in die Küche zurück.
»Werde nie verstehen, warum man zu einem schwarzen Kaffee einen Löffel erhält«, moserte Putzi, »da gibt es doch nichts zum Umrühren. Stört doch nur. Wohin mit dem Löffel?« Sie probierte mein Eis. »Hab ich doch gesagt. Ist nicht selbstgemacht. Und auch nicht mit Bourbon-Vanille. Nicht selbstgemacht«, wiederholte sie mit grenzenlos angewidertem Gesicht und dann triumphierend, »hatte ich doch Recht. Seht ihr, ich bin eine Deuterin!«

Foto 1

Foto 2

Foto 3

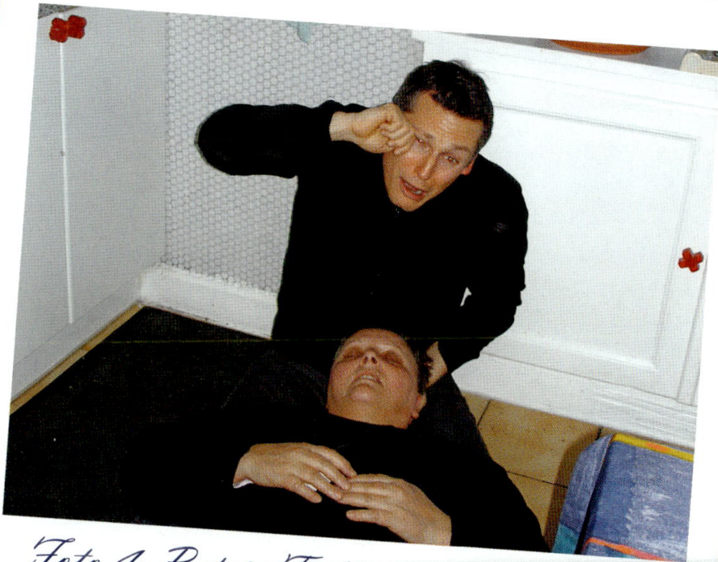

Foto 4: Putzis Tod

Foto 5: Putzis Wiederauferstehung

Foto 6

Foto 7

Foto 8: Putzi zaubert

Foto 9: Putzi und Uli

Foto 10

Foto 11

Foto 12

Jetzt setzte sich Luigi-Lutz zu uns. »Schmeckt Ihnen denn das Eis?« Er hielt sich die Hand vor den Mund und unterdrückte ein Husten.
»Wollen Sie ein Bonbon?« Ich nahm die flache Blechschachtel aus meiner Jackentasche und öffnete den Deckel. »Die kratzen nicht. Auch der Geschmack ist hervorragend. Und sehr wohltuend. Eukalyptus mit Zitrone.«
»Danke.« Er nahm sich gleich drei der kleinen Pastillen, schob sie sich in den Mund und lutschte. »Oh ja, sehr gut!«
»Sie rauchen zu viel!«, orakelte Putzi und zwinkerte vieldeutig in meine und Philipps Richtung, als sei sie die Pythia von Bad Mergentheim.
»Auch damit haben Sie wieder Recht. Unglaublich.«
»Ich kann auch aus Gesichtern lesen, müssen Sie wissen, aber am besten kann ich es anhand von …«
Ich gab Putzi einen Tritt. »… am besten kann sie es aus der Hand.«
»Und wer sind Sie?«, fragte mich Luigi-Lutz, während er ein silbernes Zigaretten-Etui öffnete, das in seiner antiquierten Eleganz nicht so recht zu seiner Eisdiele passen wollte.
»Ich bin der Fahrer und das ist«, ich zeigte auf Philipp, »der Beifahrer, also, wir wechseln uns ab«, log ich.
»Isch größe Sie!«
Ich gab auch Philipp einen Tritt.
Luigi-Lutz zog so heftig an seiner Zigarette, als könnte er da irgendetwas anderes heraussaugen als Nikotin.
»Auch eine?«, fragte er mich.
»Danke.«
Ich drehte die Zigarette in meinen Fingern hin und her. Irgendwas an ihr war anders. Sie hatte keinen Aufdruck, war ein wenig dicker als eine gewöhnliche, aber sonst normal. Ich nahm einen Zug. »Die sind ja wirklich lecker. Was sind das für welche?«
»Selbst gedreht. Ein wenig verfeinert. Sie verstehen?«

»Tatsächlich? Dürfte ich auch mal eine probieren«, fragte Putzi, »mein letzter Joint liegt schon eine Weile zurück.«
»Verschleiert das nicht Ihre Kräfte?«, fragte Luigi-Lutz.
»Aber nein doch. Es unterstützt sie vielmehr!« Putzi hielt die Zigarette zwischen Daumen und Zeigefinger und zog genussvoll.
»Sie auch?« Luigi-Lutz bot Philipp eine an. Der schüttelte den Kopf.
Putzi blies den Rauch in Kringeln aus. »Ein Traum. Das Geschäft mit dem Kraut läuft gut, gell?«
»Auch wieder richtig!«
»Können Sie davon leben?«, fragte ich ungläubig.
»In der Gemeinde habe ich das Monopol.«
»Und außerdem nehmen Sie Geld von älteren Damen, gell?« Putzi streifte sorgfältig die Asche ab.
»Auch wieder richtig. Unglaublich!«, staunte Luigi-Lutz und begann wieder zu schnaufen. »Dürfte ich noch eine von Ihren Pastillen?«
»Sicher. Aber vielleicht sollten Sie lieber auf die Zigaretten verzichten.«
»Niemals! Ich hole uns noch etwas zu trinken. Bin gleich wieder da!«
»Isch größe Sie!«
»Das verstehe ich jetzt nicht«, sagte ich, »was meinten Sie denn mit Ihrer Bemerkung hinsichtlich der älteren Damen?«
»Dafür braucht man doch keine übersinnlichen Kräfte«, sagte Putzi. »Jeder Luigi jedes x-beliebigen Eiscafés Venezia ist Beglücker der weiblichen Bevölkerung über fünfzig. Allgemein bekannt.«
»Ach ja?«
»Na klar! Wo leben Sie denn?«
»Das ist doch vollkommener Blödsinn, Marianne. Als ob jeder Luigi ein Gigolo mit Bordell wäre.«

»So war es zumindest in den Fünfzigern am Bodensee.«
»Mit Verlaub, Sie spinnen.«
»Isch größe Sie!« Philipp bog sich vor Lachen.
»Wenn ich es Ihnen doch sage«, verteidigte sich Putzi, »alles kleine Puffbetreiber, diese Luigis. Unserer vom Ländle war damals nicht viel älter als ich. Anfang zwanzig. Und hatte schon ein kleines Imperium. Na ja, ein Ein-Mann-Betrieb, aber ich hab gehört, später hat der dann Cousins und irgendwann auch Cousinen für sich arbeiten lassen.« Sie schaute mich zweideutig an, »Cousins und Cousinen! Sie verstehen?«
»Nein.«
»Das waren keine Italiener, also auch keine Cousins oder Cousinen. Wahrscheinlich aus dem Osten. Offensichtlich hat sich nicht viel verändert. Das hier fängt an, mir Spaß zu machen.«
Luigi-Lutz kehrte mit drei Ramazzotti an unseren Tisch zurück.
»Noch eine Zigarette?«, fragte er mich.
»Nein, danke.«
»Ich schon«, sagte Putzi.
»Wären Sie dann so weit?«
Putzi nickte.
»Dann folgen Sie mir bitte!«, forderte er uns auf und führte uns durch die Küche weiter nach hinten.
»Das Finanzielle …«, Putzi räusperte sich, »Sie verstehen, dass ich über so etwas lieber vorher als nachher spreche.«
»Sicher doch.« Luigi-Lutz blieb stehen und legte zweihundert Euro auf die Anrichte vor der Mikrowelle. »Wie abgemacht. Die Damen werden begeistert sein!«
»Welche Damen?«
»Die Party ist in vollem Gange. Wie schön, dass Sie Ihr Kostüm bereits anhaben.«
»Kostüm?«

Im Garten hinter dem Haus saßen ungefähr fünfzehn Damen, allesamt jenseits der siebzig, um einen mit Krepppapier bezogenen Tapeziertisch. Sie rauchten Luigi-Lutzens Spezial-Zigaretten, die, in gläsernen Stamperln wie Salzstangen aufrecht stehend, angeboten wurden, und applaudierten einem Clown und einem Feuerschlucker.
»Das ist einer meiner bunten Abende à la Luigi, die ich viermal im Jahr veranstalte«, erklärte Luigi-Lutz.
Jetzt verstand ich auch, was es mit dem ›Geld der älteren Damen‹ auf sich hatte.
»Signore, senti!«, rief Luigi-Lutz jetzt wieder mit italienischem Akzent. »Finalmente la Wahrsagerin ist da, bitte Applauso!«

Ich aß Partywürstchen und rauchte bereits die dritte Spezial-Zigarette. Philipp unterhielt sich mit einer der Omas über Inge Meysel. »Sie haben die Meysel wirklich nackt gesehen?«, und Putzi saß ganz verlassen in einem Gartenstuhl. Keine der Damen wollte etwas über ihre Zukunft wissen. »Kein Wunder«, meinte Putzi, »die liegt ja bereits hinter ihnen.«
Ich war ganz froh darüber. Denn wer weiß, vielleicht hätte Putzi versucht, sie in ein Deutungsgespräch über Stuhlgang zu verwickeln, und spätestens da wäre es vorbei gewesen mit dem Seher-Status, denn auf diesem Gebiet hätten sich die Alten sicher nichts vormachen lassen.

Eine Frau mit ausgestopfter Krähe auf der Schulter betrat den Garten und schaute sich hilfesuchend um.
»Wer wird das wohl sein?«, fragte Putzi.
»Ich nehme an die echte!«
»Die echte was?« Aber da dämmerte es ihr, und schon erhob sie sich. Ich war beeindruckt von ihrer plötzlichen Behändigkeit.

»Philipp, komm!«, kommandierte Putzi. »Aufbruch!« Und zu mir: »Die Zigaretten!«
»Was?«
»Greifen Sie sich die Zigaretten und dann nix wie weg!«

Lachend liefen wir durch die Fußgängerzone zurück zum Putzi-Mobil. Die Gruppe Uniformierter wartete noch immer auf der anderen Seite des Parkplatzes. »Unglaublich. Wie die Aasgeier!«
Ein Strafzettel klebte auf der Windschutzscheibe. Eine Viertelstunde über der Zeit. Fünfzehn Euro. Wir waren zu high, um zu protestieren.
»Marianne«, sagte ich, »schauen Sie sich mal Ihre Pupillen an.«
»Was ist mit denen?«
»Groß. Sehr groß.«
Philipp musste ans Steuer. Putzi schlug vor, unsere nackten Ärsche aus dem Fenster zu hängen. Aber mal ganz losgelöst von der Problematik der technischen Umsetzung, das wäre dann doch zu viel Aufwand gewesen, »für so welche!«

Die Sonne verlor bereits ihre Kraft, als wir fünfundzwanzig Minuten später in Weikersheim einfuhren. Philipp steuerte durch die engen Gassen geradewegs auf das Herzstück der Stadt zu, den Markplatz, wo wir die meisten Hotels vermuteten, und hielt vor der Zufahrt zum Renaissanceschloss.
»Mir klingen schon Geigen in den Ohren«, rief Putzi.
Und tatsächlich, vor dem Rokokobrunnen spielte ein Quartett, bestehend aus Oboe, Violine, Cello und Bratsche, vier Asiaten, zwei Jungs, zwei Mädchen, Mitte zwanzig, bebrillt, ernst, unscheinbar, alle mit dunkelblauen Feinstrickpullis und braver Frisur. Sie spielten irgendwas von Mozart.

»Der Ort gefällt mir«, sagte Putzi.
»Das werden Studenten der Musikakademie sein, das ist hier eine der größten Deutschlands«, erklärte ich.
Jemand klopfte auf die Motorhaube.
»Nicht doch, schon wieder ne Politesse«, stöhnte Putzi, »sogar mit Hütchen, eine Oberin.«
»Hier dürfen Sie nicht parken!«
»Die verfolgen uns, gell? Nichts zu bieten, außer musizierende Importe aus Fernost, aber kostenpflichtige Parkplätze«, empörte sich Putzi, »das Hotel zahle ich!«
»Das kommt gar nicht in Frage«, protestierten wir. Aber da schritt Putzi schon geradewegs auf das Haus zu, das von allen rundum am besten und teuersten aussah, während wir uns um die Politesse kümmerten und das Putzi-Mobil vorschriftsmäßig parkten.
»Die glaubt aber nicht, dass wir alle in einem Zimmer schlafen, oder?«, fragte Philipp.
»Nein, keine Angst. Das habe ich schon vor der Reise klargemacht. Jeder hat sein eigenes.«
Wir verabredeten uns in einer Stunde zum gemeinsamen Dinner.
Die Zimmer lagen unterm Dach. Meins war enttäuschend. Außen hui, innen pfui. Finster und schlicht, mit zweifelhaftem Bodenbelag. Ansonsten hatte der Raum keine besonderen Merkmale, außer einem schweren alten Eichenschrank, der muffelte und dessen Türen klemmten. Es war stickig und roch nach Mottenpulver. Ich schaltete die Nachttischlampe ein und öffnete die Fenster. Von unten klang immer noch die Musik herauf. Ich ging ins Bad und zog mich aus. Nachdem ich mich geduscht und eingerichtet hatte, kehrte ich zurück auf den Marktplatz, frisch rasiert und in Erwartung eines guten Essens. Vor mir eine Traube von Menschen. Ich hörte Klatschen und eine laute Stimme »Zugabe« fordern, unverkennbar die von Putzi.

Ich bahnte mir einen Weg durch die Menge. Das Mozartquartett spielte einen Tusch. Philipp in Hut und Mantel verbeugte sich und strahlte: »Das Abendessen geht auf mich!«

Vorneweg wählten wir Grünkernsuppe mit Forellenfilets und Ziegenfrischkäse-Klößchen, die herrlich dufteten und mit geröstetem Brot serviert wurden. Anschließend bestellte Philipp zweierlei Reh mit Essigkirschen und Spargel, Putzi Schweinebäckchen in Burgundersauce und ich einen Wildschweinbraten mit Dinkelnudeln.
Die vier Asiaten unterhielten die Gäste ringsum inzwischen mit Gassenhauern, von ›Rock me Amadeus‹ bis ›Life is Life‹. Wahrscheinlich inspiriert von Philipps Erfolg als Inge Meysel, der ›I can't get no satisfaction‹ zum Besten gegeben hatte. Zwischendurch lächelten sie uns zu, als seien wir alte Bekannte. Ich kritzelte auf die Papierserviette den Namen eines italienischen Liedes ›Invece No‹, von Laura Pausini, und bat den Kellner, ihn an die vier auszuhändigen. Die schüttelten den Kopf. Kannten ihn wohl nicht.
»Ihre Begeisterung für die hübsche Laura teilen wohl nur wenige«, frohlockte Putzi, und dann mit Blick auf die vier, »die sind ja ganz dürr. Die Armen kriegen bestimmt nicht genug zu essen. Sind das jetzt Japaner oder Chinesen?«
»Wahrscheinlich Deutsche«, meinte ich.
»Ich hatte ja mal was mit einem Koreaner.«
»Isch größe Sie!«
»Wenn Sie versprechen, diese Geschichte für sich zu behalten«, sagte ich, »werde ich die Musiker auf ein Getränk einladen.«
»Versprochen. Aber jetzt seien Sie mal nicht so knauserig. Nur ein popeliges Getränk? Immerhin hat unsere Inge Meysel das Essen spendiert. Nun sind Sie dran. Ein Süpp-

chen für die armen Asiaten ist schon auch noch drin. Oder soll ich Ihnen erzählen, wie mein Koreaner …«
»Schon gut!« Ich bat die vier, uns Gesellschaft zu leisten. Alle Asiaten, die ich kenne, vertragen keinen Alkohol, und so dünn, wie die waren, würden die sicherlich nicht viel speisen. Würde also nicht teuer, dachte ich. Denkste. Die kippten sich den Alkohol hinter die Binde wie deutsche Haubitzen.
»Kinder, na los, bestellt euch was Ordentliches, die Schweinebäckchen sind sehr zu empfehlen«, feuerte Putzi sie auch noch an und verteilte die Zigaretten von Luigi-Lutz. Bestellungen wurden aufgenommen. Gläser wieder aufgefüllt. Philipp sang ›Wunder gibt es immer wieder‹, dieses Mal a cappella, da die vier gierig über ihren Tellern hingen. Philipp hatte mit seinem Kurzauftritt einhundert Euro verdient, »so viel machen wir nicht an zwei Abenden. Alles Ur-Deutsche funktioniert halt.«
»Aber Philipp hat vorhin als Meysel auf Englisch gesungen«, warf ich ein.
»Meysel schlägt Rock ’n’ Roll.«
»Aber ihr spielt Mozart und Bach, deutscher geht es nicht.«
»Wir sehen aber nicht so aus. Unsere ukrainischen Kommilitonen machen mehr.«
Vielleicht spielen die einfach besser, dachte ich, oder sehen nicht so kreuzbrav aus.
Die vier, Cai, Julia, Nelson und Chow, stammten aus Hessen, Baden-Württemberg und Bayern. Cai war erst 1981 gemeinsam mit ihrer Mutter aus Kambodscha nach Deutschland gekommen, da war sie gerade zwei. Ihr Vater starb wenig später an Nierenversagen. »Hat den ganzen Terror in der Heimat überlebt und stirbt mit vierunddreißig in einem deutschen Krankenhaus.« Cais Mutter ist Altenpflegerin. Sie bewohnten ein Zimmer im Stift. Abends schlich sich Cai zu den Senioren ins Fernsehzimmer. »Ich

kenne alle Filme mit Inge Meysel. Die wurden wiederholt. Im Dritten.« So ältere Damen mit Hut und Mäntelchen, meinte Cai, »so leicht angemeckert und ordentlich sortiert«, das sei deutsch.
»Und Allwetterjacken«, warf Nelson ein, der selber eine trug, jetzt seine Brille abnahm und mit dem Tischtuch polierte. Nelson und Julia waren Geschwister, adoptiert aus Vietnam. Chow war ein chinesisches Diplomatenkind mit deutschem Pass, der in der DDR geboren und dort die ersten sechs Jahre aufgewachsen war. Seine Schulzeit hatte er dann in einem Internat am Bodensee verbracht.
»Am Bodensee?«, rief Putzi. »Ach, wie schön, dann sind wir ja gewissermaßen verwandt, oder so was Ähnliches. Prost!«

Das Lachen saß locker. Keine Löcher im Gespräch. Ein Thema folgte dem nächsten. Cai streifte ihren Pulli ab. Darunter trug sie ein enges T-Shirt, das ihre Rundungen betonte. Philipp scannte ihren Körper und schenkte vom Wein nach, bis er über den Glasrand trat. Cai trocknete den Tisch mit ihrer Serviette und nippte mit sichtlichem Genuss. Nelson gähnte unverhohlen und legte seinen Kopf auf die verschränkten Arme. »Sein Minutenschlaf«, meinte Cai, »in zwei Minuten ist der wieder wach.«
In den Turmspitzen ringsum gingen die Lichter aus. Der Alkohol tat seine Wirkung. Mein Glas war leer. Schon wieder. Wir saßen schwankend im flackernden Schein der dicken Bienenwachskerzen und prosteten uns zu. Die wievielte Flasche war das jetzt? Ich hatte das Zählen aufgegeben. Nelson spielte auf seiner Oboe ›So soll es bleiben‹ von Ich und Ich. Wir fielen mit ein:

»Ich warte schon so lange,
auf den einen Moment,
ich bin auf der Suche nach hundert Prozent,

wann ist es endlich richtig,
wann macht es einen Sinn,
ich werde es erst wissen,
wenn ich angekommen bin …«

Dann lauschten wir Cai und ihrem Cello, und schließlich war Putzi dran. »Ich kann kein Instrument und auch nicht singen, aber ich hatte da mal einen Freund, einen Koreaner …«

»Marianne, bitte, Sie sind eine Dame!«

»Ich bin keine Dame!«

Die Gäste reihum orderten die Rechnungen, aber die vier und Philipp amüsierten sich prächtig. Kein Wunder, die tranken ja auch auf meine Kosten. Und jetzt bestellten sie auch noch Nachspeise. Ach, egal. Der Wein war köstlich. Ein Silvaner vom Röttinger Feuerstein. »Noch eine Flasche!«

»Am besten gleich zwei!«, rief Putzi und winkte dem Kellner.

»Es macht euch doch nichts aus, wenn ich noch um die Häuser ziehe?«, fragte Philipp.

»Hier, in Weikersheim?«, staunte Putzi.

Er nickte.

»Meine Beine tragen mich bedauerlicherweise nicht mehr. Mein Knie. Ein Jammer.«

»Wir Alten waren auch gar nicht erwünscht«, sagte ich, als sich Philipp verabschiedet hatte.

»Papperlapapp, wir befinden uns in einer Lebensphase, in der das Alter noch in weiter Ferne ist«, sagte Putzi.

»Schauen Sie doch, Marianne. Unsere Inge gehört jetzt den Jungen.«

Die Arme jeweils um die Schulter des Nächsten gelegt, verschwanden die fünf über den Marktplatz. Cai ganz außen, daneben Philipp. Seine Hand wanderte abwärts.

»Sie haben wohl Recht«, sagte Putzi. »Soll ich Ihnen noch eine Fußmassage gönnen?«
Ich lächelte mit einem Anflug von Müdigkeit. »Nein danke, sehr freundlich.« Schwerfällig rafften wir uns hoch. »Ich kann auch so gut schlafen.«

Das war dann doch zu optimistisch gedacht. Mein Bett – mit großen Messingknäufen – war bequem, ich streckte mich aus, Bilder des Tages taumelten durch meinen Kopf wie Blätter im Wind, die dem Alkohol geschuldete Verschwommenheit machte sich breit, und also genoss ich die Stille im Zimmer, schlief ein und wachte sofort wieder auf, denn durch die dünnen Wände hörte ich Putzis verzweifelte Versuche, ihre Luftmatratze über die Steckdose aufzublasen. Wie die Beatmungsmaschine auf der Intensivstation, mit einer hysterischen Putzi, die immer dann aufschrie, wenn der Motor aussetzte und der Matratze wieder Luft entfleuchte. »Herrgottsakrament!«
Ich sah auf meine Uhr mit den Leuchtziffern. Es war Viertel nach drei. Und kaum war auf der einen Seite endlich Ruhe, hörte ich von jenseits der gegenüberliegenden Wand Philipp im Duett mit der Cellistin.

PUTZI UND HUBSI AUF DEM BOCK ODER ›FICKEN, SIE IST EINE DAME‹

Haben Sie gut geschlafen?«, fragte mich Putzi beim Frühstück, das äußerst bescheiden ausfiel und normalerweise ihren Unmut provoziert hätte. Toastbrot mit dünner Marmelade, eine Schüssel mit Cornflakes und schlechtem Kaffee.

»Es hielt sich in Grenzen. Und Sie?«

»Überhaupt nicht«, ihre Stimme hatte einen gereizten Unterton, »habe kaum ein Auge zugetan.«

»War Ihre Luftmatratze etwa nicht bequem?«, fragte ich scheinheilig.

»Doch. Ja. Aber ich dachte die ganze Nacht an Gerhard, jetzt, da wir ihm stetig näher kommen.«

Dieses Eingeständnis war ungewöhnlich für sie. So kleinlaut und von Bangigkeit erfüllt. Sie schaute mich an, ob ich mich über sie lustig machte. Da dies nicht der Fall war, fuhr sie fort: »Hoffentlich wird es heute Nacht besser, sonst kriege ich bis Radolfzell gar keinen Schlaf mehr. Wie soll ich dann noch das Putzi-Mobil steuern?«

Die geheime Verletzlichkeit der Unverletzlichen. Ich hatte sichtlich Mühe, mir meine Rührung nicht ansehen zu lassen. Ein wenig unbeholfen klopfte ich ihr auf die Schulter.

»Heute Nacht wird es ganz sicher besser.«

»Meinen Sie wirklich?«

Ich musste lächeln. Es hat etwas Komisches, wenn ein Monument von einer Frau aus Liebesangst zaghaft wird.

»Ich hoffe inständig, Sie haben Recht«, sagte sie.

»Ganz sicher!« Und dann in einem bewusst beiläufigen Ton, als sei dies das Selbstverständlichste der Welt, fügte ich hinzu: »Marianne, Sie sind für mich eine Quelle ständiger Verwunderung und Faszination!«

Ihr Körper entspannte sich. Ich rieb mir die Augen und bestellte eine Cola, denn die hatte im Gegensatz zu der uns vorgesetzten Kaffeeplärre zumindest einen festgeschriebenen Anteil an Koffein. Putzi widmete sich ihren Cornflakes. Ich goss Milch in ihre Schüssel und lauschte dem Knusper-Geräusch, das ihre Zähne produzierten und mich auf eine seltsame Art beruhigte.

»Isch größe Sie!«

»Morgen Philipp, alles klar?«

Noch in Unterhemd und Jogginghose, angelte sich Philipp zwei Scheiben aus dem Brotkorb und griff nach der Kaffeekanne. Er küsste Putzi auf die Wange und knuffte mir kumpelhaft in die Seite. »Bestens! Seid nicht böse, ich habe beschlossen, noch ein paar Tage zu bleiben.«

»Drei kleine Negerlein spazierten in Weikersheim vorbei, einem fiel ein Stein auf'n Kopf – da blieben nur noch zwei!«, sagte Putzi, als sie den Gurt anlegte und das Putzi-Mobil startete. Im Radio lief ›I gotta Feeling‹ von den Black Eyed Peas.

In Creglingen bewunderten wir einträchtig den Marienaltar von Tilman Riemenschneider und fuhren dann weiter zum Musterstädtchen deutscher Romantik: Rothenburg ob der Tauber, ›das mit seiner Fachwerkidylle das Deutschlandbild in aller Welt prägt‹, vermerkte ich in meinem Notizbuch. Für meinen Artikel wollte ich schreiben ›Die unentdeckte Szene Rothenburgs, die Stadt, die nicht schläft‹, was natürlich vollkommener Schwachsinn ist, aber, einfach mal in den Raum gestellt, müsste sich das doch für meine Schweizer Leserschaft überzeugend anhören. Eine dreist aufgestellte Behauptung ist die halbe Miete.

Damit Putzi ob der Mühsal des bevorstehenden Rundganges nicht wieder rumknöseln würde – sie hatte bereits ge-

droht, sie bliebe im Auto, »sieht doch eh alles gleich aus« –, hatte ich eine Strategie entwickelt. »Marianne, mein Reiseführer sagt, die stilvollste Weise, Rothenburg zu erleben, ist gemütlich in einer Kutsche. Das machen wir natürlich auch so!«
»Aber nicht, dass das so ne peinliche Touristenfalle ist.«
»Wir sind doch Touristen.«
»Da haben Sie auch wieder Recht. Und mit den Eingeborenen wollen wir eh nicht assoziiert werden.«
»Bislang haben wir noch keinen einzigen von denen getroffen. Die kamen entweder aus Rostock oder von noch weiter her.«

Unser Kutscher hieß Hubsi, hatte keine Zähne, trug Cowboyhut und Weste. Seine knorpeligen Hände, die die Zügel hielten, waren mit Schwielen übersät, dabei war Hubsi nicht älter als fünfunddreißig. Putzi kletterte hinter den Bock. Hubsi zog, ich schob, reichte ihr Schirm und Tasche und nahm neben ihr Platz.
Hubsis Pferde hießen Loki und Helmut.
»Drollig, wie die Schmidts«, lachte Putzi.
»Wie wer?«
Hubsi entschuldigte seine Unkenntnis damit, dass er keinen Fernseher und außerdem die vergangenen acht Jahre im ›Bangkok Hilton‹ zugebracht habe, einer Haftanstalt im Norden der Metropole, »unschuldig«, wie er beteuerte.
»Natürlich.«
»Zumindest nach unserer Gesetzgebung«, beteuerte Hubsi. »Ich soll geschmuggelt haben, dabei war alles nur Eigenbedarf.«
Putzi bot ihm eine von unseren Zigaretten an. Hubsi inhalierte tief. »Aaaah, Bad Mergentheim, nicht?!«
Putzi nickte.
»Eigentlich hießen meine Gäule Romina und Albano, aber

davon gibt's hier mehrere. Also habe ich sie umbenannt, nachdem ein Fahrgast meinte, die seien vom Charakter her wie Loki und Helmut. Das hat mir gefallen.«

Hubsi hielt die Kutsche an, und wir stiegen aus, um uns so genannte Schneebälle zu kaufen, Keks-Knäuel aus dünn ausgerollten und schmal geschnittenen Butterteigstreifen, die in Schmalz gebacken und anschließend mit dunkler oder weißer Schokolade überzogen oder ganz klassisch mit Puderzucker eingestaubt werden. Ein durch und durch knusperiges Vergnügen. Putzi kaufte auch noch je einen Bund Mohrrüben für Loki und Helmut. »Man muss sich immer erkenntlich zeigen, Max. Auch Tiere haben eine Seele.«

Und dann ging es weiter, entlang der Stadtmauer mit dem Klingenturm, durch die Herrngasse zum Marktplatz. Von der Kutsche aus zählten wir mehr japanische und amerikanische Reisegruppen als deutsche. Putzi bemerkte, dass sie uns anstarrten. »Schauen Sie mal!« Fröhlich winkten sie uns zu. Um uns herum entstand ein Riesen-Bohei, als wären wir selbst eine Attraktion.
»Die freuen sich alle, uns zu sehen!«, staunte Putzi. Die Touristen lachten und zückten ihre Kameras, die sie, statt auf die spitzgiebligen Häuser, auf unser Gefährt und seine schrille Besatzung richteten. Offensichtlich schienen wir gute Laune zu verbreiten.

Hubsi genoss bereits die zweite Zigarette, Loki und Helmut trabten von Sehenswürdigkeit zu Sehenswürdigkeit, Putzi schwieg. Das sollte auch den Rest des Tages so bleiben.
Auf dem Marktplatz von Feuchtwangen, unserer nächsten Station, aßen wir eine doppelte Portion Vanilleeis mit Sahne und frischen Erdbeeren, ohne dass ein einziges Wort gewechselt wurde.

Die Nachmittagssonne brannte. Ich blickte mit zusammengekniffenen Augen durch die Windschutzscheibe. Wir kurbelten die Fenster auf Durchzug. Der Luftzug war belebend. Verstohlen betrachtete ich Putzi von der Seite, die schmallippig vor sich auf die Fahrbahn starrte, wie ein monströses Kleinkind, das schmollt.
Kurz vor Dinkelsbühl fragte ich. »Also, raus mit der Sprache. Was ist los?«
»Was soll denn los sein?«
»Ihnen liegt was auf der Seele. Das spüre ich doch.«
Putzi zögerte. »Die Leute vorhin in Rothenburg, die gelacht haben …«
»Was war mit denen?«
»Die haben über mich gelacht.«
»Die haben nicht über, sondern mit uns gelacht.«
»Glaub ich nicht.«
»Seit wann ist Ihnen denn die Meinung anderer wichtig?«
Putzi antwortete nicht. Wie vor den Kopf geschlagen, saß sie aufrecht in ihrem Sitz, die Hände derart ums Steuer gekrampft, dass die Knöchel weiß hervortraten. Ihre Brust hob und senkte sich, auf den Wangen rote Flecke. »Da sitzen ein Cowboy ohne Zähne, eine bunte Alte mit Schirm und ein Lackaffe mit Sonnenbrille nebeneinander auf der Kutschbank«, versuchte ich sie zu erheitern, »was erwarten Sie denn? Dass die Reisegruppen in Ehrfurcht erstarren, sich verneigen, Kollekten einsammeln?«
»Eine bunte Alte mit Schirm? So sehen Sie mich, ein drolliges Relikt, ja?«
»Mit Verlaub. Sie wissen, dass ich das so nicht meine.«
»Sie finden mich also drollig?«
»Das habe ich doch gar nicht behauptet!«
»Implidingsbumst haben Sie's.«
»Auch nicht impliziert. Sie sind durch und durch besonders.«

»Nicht nur drollig, jetzt auch noch besonders, ja?«
»Attraktiv auf eine ganz besondere Art. Das meine ich mit besonders.«
Eine diplomatische Antwort, fand ich, aber offenbar nicht zufriedenstellend, denn Putzi bohrte weiter. »Also doch eine bunte Alte, gell?«
»Auch auf die Gefahr hin, dass ich mich ein wenig barsch anhören mag, ich beschreibe lediglich Ihren Stil. ›Eigenwillig, aber mit Persönlichkeit‹. Ihre Worte!«
»Und was, wenn ich das nicht sein will: eigenartig.« Das Sprechen schien ihr zunehmend schwerzufallen.
»Ich sagte ›eigenwillig‹, nicht ›eigenartig‹.«
»Was ist da schon der Unterschied?«
»Ich bin es gewohnt, Sie temperamentvoll zu erleben, Marianne, aber nicht fatalistisch.« Ich versuchte es mit einer Dosis Schmeichelei. »Sie sind doch eine tolle Frau. Ich vermute, Ihr pubertäres Benehmen hat mit diesem Gerhard zu tun.«
Mit jäher Heftigkeit trat Putzi auf die Bremse.
»Passen Sie auf!«, schrie ich.
Neben uns donnerte ein Lastwagen vorbei.
Die Übelkeit brach über sie herein wie ein Tsunami. Sie hievte sich aus dem Wagen und erreichte gerade noch rechtzeitig den Seitenstreifen, wo sie sich die Seele aus dem Leib kotzte. Ich stand hinter ihr, legte meine Hand auf ihren Rücken, der zuckte und bebte. Ich lief zurück zum Auto, fuhr es an die Böschung, weg von der Fahrbahn, holte die Feuchties aus dem Sanitätsköfferchen, bot ihr meine Hustenbonbons an und ne Cola.
Sie setzte sich in den Graben, die dicken Finger zu Fäusten geballt, zog die Knie hoch zum schweren Busen und umschlang sie. Ihr Hütchen verbarg das Gesicht. Ich setzte mich neben sie, die Hände in die Taschen versenkt, und lehnte mich gegen sie.

»Ich bin eine eigenartige Alte«, sagte Putzi und fing an zu weinen. Sie überließ sich ganz ihrem Schmerz. Mit verzerrtem Mund und ohne sich die Tränen abzuwischen. Die Stimmung packte mich. Mein Magen schien mir durchzufallen. Ein Rap musste her:

2 × 3 macht 4
Widdewiddewitt und Drei macht Neune
Ich p-p-p-utze durch die Welt
Wischewische, wie es mir gefällt …

Ein ordentlicher Beat wollte mir nicht gelingen, denn im Radio lief ›Lascia ch'io pianga‹, eine Arie aus Händels ›Rinaldo‹, die meine Versuche konterkarierte. Durch die offenen Türen sang Cecilia Bartoli von der Freiheit Wonnen, »… e che sospiri la libertà«.

Als ich als Fünfzehnjähriger in den Sommermonaten während meiner Schulzeit als ›Mädchen für alles‹ im Berliner Kempinski jobbte, bin ich eines Morgens, nach nur einmal Klopfen und ohne eine Antwort abzuwarten, weil man das eben so machte, sehr unhöflich, ich weiß, zum Minibar-Auffüllen in das Zimmer einer anderen berühmten Opernsängerin gestürmt. Nur im Handtuch stand die Diva vor mir, merkwürdigerweise kein weißes vom Hotel, sondern ein großes buntes, mit seltsamen Figuren drauf, unter anderem Bibo aus der Sesamstraße. Das erinnere ich genau, denn ihren Anblick werde ich nie vergessen, wie die Venus von Botticelli, nur ohne Muschel. Die berühmte Opernsängerin hatte eine Duschhaube auf und sah alles andere als mondän aus, war aber die schönste Frau, die mir bis dahin in natura begegnet war, trotz Bibo vor der Scham.

Das erzählte ich jetzt Putzi, während sie mit Schluckauf und Atemnot rang. »Ich glaube, die Opernsängerin sah damals nicht viel anders aus als Sie, nur jünger …«

»Jü-ünger …«, schluchzte sie.
»Der Gerhard ist doch auch älter geworden.«
»Ich bin soo alt. Eigentlich müsste ich tot sein.«
»Das ist doch Blödsinn, Marianne. Was ich sagen wollte, Sie sind klasse Frauen, alle beide – und daran ändert auch ein Bibo-Outfit nichts.«
»Bi-ibo?« Sie holte mühsam Luft.
»Der Bibo ist nur ne Metapher.«
Sie stammelte: »Die andere war eine Diva in unmöglichem Outfit, und ich bin einfach nur unmöglich.«
»Sie sind mindestens genauso beeindruckend.«
»Wi-irklich?«
»Die Diva meines Herzens.«
»Da-anke«, schniefte sie und versuchte zu lächeln. Aber es wurde nur ein Zucken um die Mundwinkel. Dann bat sie, dass ich mich umdrehe. Sie ging ans Auto und kramte im Kofferraum. Die Sonne war im Sinken begriffen. Man konnte schon Mond und Sterne sehen. Ich hörte, wie sie sich ein Zündholz anstreifte.
»Finden Sie also, man kann mich angucken, ohne zu lachen?«, fragte sie.
»Ja. Das finde ich.«
»Und für das Klassentreffen besorgen wir mir was ganz Besonderes, was, worüber keiner lacht, gell?«
»Ja.«
»Kein Bibo!«
»Nein.«
»Finden Sie mich wirklich so wie die Opernsängerin?«
»Ja. Das finde ich.«
»Wirklich wirklich?«
»Falls ich wählen müsste, meine Zuneigung und Ergebenheit gelten Ihnen. Immer.«
»Ficken!« Eine Explosion in ihrer Brust. »Ficken!« Das stieß sie so heftig hervor, als hätte es schon lange in ihr

gewartet, um endlich hervorzubrechen. »Ficken!« Ein Aufbäumen, ein Schrei vom Ende ihres Rückgrats in die Luft hinaus. Ich zuckte zusammen.

»Marianne, Sie sind …«

»Ficken, ich bin eine Dame!«

Ich drehte mich um. Putzi hatte ihr Hängerli aus- und stattdessen ein frisches T-Shirt angezogen und war dabei, ihre beschmadderten Schuhe zu reinigen. Jetzt blickte sie auf und schenkte mir ein schiefes Lächeln. Ihre Augen waren rot gerändert. Ich nickte. »Ficken ja, Sie sind eine Dame!« Und das brüllten wir in die einsetzende Dämmerung hinaus, immer wieder: »Ficken, sie ist eine Dame!«

NEURALGISCHE PUNKTE

In Dinkelsbühl kehrten wir ins ›Deutsche Haus‹ ein. Jeder bezog sein Zimmer, und wir trafen uns kurz darauf zum Dinner. Um uns herum nur Pensionisten über siebzig. Alle trugen Anzug oder Kostüm. Seit der Schauspielschule war ich mir nicht mehr so jung vorgekommen. Beide bestellten wir ein Fränkisches Weinsüppchen mit Croûtons, die herrlich kross waren, danach Spanferkelschäufele an Biersauce mit Semmelknödeln, die dampften, dass Putzis Brille beschlug. Der Sommelier öffnete mit großem Brimborium eine Beerenauslese. Und dann noch eine. Und noch eine. Wir leerten die Gläser in großen Schlucken. Der Alkohol flutete durch unser Blut. Herrlich! Wir stießen an auf … »ja, auf was denn eigentlich?«, fragte Putzi.

»Auf schöne Frauen!«, sagte ich.

»Prost! Auf schöne Männer!«, sagte sie.

Und dann wieder ich: »Auf Freundschaft!«

Augenblicklich schossen Putzi Tränen in die Augen. Schon wieder!

Ihren emotionalen Ausbruch hatte ich nicht beabsichtigt, wollte ich nicht. Ich hatte mich einfach mitreißen lassen und mir nichts dabei gedacht. Ein Trinkspruch – Auf die Freundschaft – nichts weiter. Ihre Tränen rührten mich und waren mir gleichzeitig noch unangenehmer als die vom Nachmittag, sie überforderten mich, ich wusste nicht, wie ich mich verhalten sollte. Obwohl ich einem Beruf nachgehe, der einem ständig Emotionen abfordert, weiß ich im Privaten mit den Gefühlen anderer wenig anzufangen, mag ich mich ihnen nicht unnötig aussetzen. Daher kommt es vor, dass mir die wahren Bedürfnisse, die um mich herum aufblitzen, lange verborgen bleiben. Wenn Putzi meinte, ich könne sie lesen wie ein Buch, dann war das ihrer Offensichtlichkeit geschuldet. Ihre verborgene Tiefe, ihre Unstimmigkeit mit sich selbst hatte ich bis zu dieser Reise nicht gesehen. Sicher, mir war schon vorher bewusst, dass ihr, um das salopp auszudrücken, eine ganz eigene Mischung aus Proll und Feingeist zu eigen ist, aber die versteckten Winkel ihres Babymonsterherzens lernte ich erst während dieser Tage kennen.

Ich langte über den Tisch und drückte ihre Hand. Sie erwiderte den Druck. Mein Magen grummelte, forderte mich heraus, ein Rap? Nein. Eine Handlung. Aber welche? Ich versicherte ihr: »Ja, auf Freundschaft! Vorausgesetzt natürlich, Sie sind damit einverstanden!«

Sie hörte nicht auf zu weinen, und daher brabbelte ich einfach weiter, streichelte ihre Hand und quatschte mich, so schien es, um Kopf und Kragen. »Sie wissen doch, Marianne, eigentlich bin ich der Meinung, Schnaps ist Schnaps und Bier ist Bier, und ich hoffe natürlich, dass Sie trotzdem meine Putzfrau bleiben, wenn das dann noch geht, also Putzfrau und Freund zusammen und in einem. Aber vor die Wahl gestellt, würde ich mich, schweren Herzens, für Sie als Freund entscheiden.« Das war, um ehrlich zu sein, gelogen, ein wenig zumindest, denn ich fürchtete durch meinen dummen Vorstoß die weltbeste Putzfrau zu verlieren. »Ein Freund, der putzt, wäre natürlich ideal«, verbesserte ich mich alsgleich, »einer, der so putzt wie Sie, also was ich sagen möchte, obwohl ich weiß, dass mir dies als dem Jüngeren nicht zusteht, nehme ich mir das Recht einfach mal heraus, da ich ja gewissermaßen Ihr Chef bin, wobei …«, ich überlegte, »… sich über diese Rollenverteilung streiten ließe – ich bin der Chef und Sie geben den Ton an – egal. Schlicht und ergreifend: Ich würde mich sehr freuen, wenn wir uns gegenseitig als Freunde bezeichneten. Es wäre mir eine Ehre.«

Ich deutete ein Salutieren an – wie Richard Gere in ›Ein Offizier und ein Gentleman‹ – und Putzi schluchzte immer noch.
Ich reichte ihr meine Serviette. »Vorsicht, da hängt noch ein wenig Spanferkel dran.«
»Macht nichts.« Sie prustete hinein und trocknete ihre Tränen. »Sie sind zwar ein ganz schöner Eigenbrötler«, sagte sie, »ein Stiesel, immer darauf bedacht, dass Ihnen ja niemand zu nahekommt, aber das habe ich ja schon lange durchschaut. Ich denke, wir werden uns auch als Freunde verstehen.«
Wir hoben unsere Gläser.
»Auf uns.«
»Prost.«
»Wissen Sie, Marianne, ich versuche, mich zu erinnern, an welchem Punkt unsere Freundschaft begonnen hat. War es vorhin im Graben oder schon eher?«
»Man muss nicht alles ergründen können. Hauptsache, wir kehren ihr nicht den Rücken, der Freundschaft.«
»Ja.«
»Prost.«
Sie fischte zwei von Luigi-Lutzens Zigaretten aus ihrem rosa Täschchen und steckte sich beide in den Mund. Ich entzündete ein Streichholz, beugte mich über den Tisch und gab ihr Feuer. Sie zog und reichte mir dann eine von beiden.
»Gutes Essen, guter Wein, gute Zigarette«, sagte ich, »das gefällt mir.«
»Ja. Das kommt einem perfekten Moment schon sehr nahe, finden Sie nicht?«
Ich überlegte. »Wahrscheinlich, das heißt, ich weiß nicht. Ehrlich gesagt. Hatten Sie schon mal so einen Moment, so einen, bei dem man weiß, das ist so einer, der einfach ist und so nicht wiederkommt, einfach in sich und als solcher perfekt?«

»Ja.« Ihre Antwort kam so prompt, als sei das das Selbstverständlichste der Welt.
»Beneidenswert. Wer kann das schon von sich behaupten, den perfekten Moment gehabt zu haben. Ich habe ihn, glaube ich, nie in den Händen gehalten. Aber einige Male habe ich ihn gespürt, zum Greifen nah, verstanden, dass es ihn geben kann. An unerwarteten Orten in merkwürdigen Situationen. Ich glaube, ich habe eine Ahnung davon, wie es sein könnte, wenn man ihn schließlich sein Eigen nennt, falls das überhaupt je möglich ist, ihn sein Eigen zu nennen, solch einen Moment zu besitzen. Vielleicht ist es ja gerade andersherum, dass der Moment sich deiner bemächtigt. Und diese Ahnung genügt, um weiter danach zu suchen. Oder ist das jetzt totaler Bullshit, was ich hier von mir gebe?«
Putzi nestelte an der Serviette und lehnte sich zurück. Eine brutale Verletztheit huschte über ihr Gesicht. Sie sprach jetzt sehr leise, ich verstand sie kaum. »Ich habe Angst und Zorn und Enttäuschung und all den Scheiß gesehen«, sagte sie, »aber ich weiß auch, wie Hoffnung aussieht. Das zu kapieren, war für mich ein perfekter Augenblick. Ich hatte mal einen großen Verlust, habe nicht gewusst, wie danach dem Leben neuen Sinn abzugewinnen. Aber ich bot mir selbst die Stirn. Weil die gute Erinnerung stärker ist als der Schmerz.« Sie faltete die Serviette zusammen und wechselte abrupt das Thema. »Ach Max, Sie können so gut zuhören. Das ist gefährlich!«
»Warum?«
»Weil man dann als Frau nicht widerstehen kann.« Sie lächelte. »Wie wäre es mit einer Fußmassage?«
Nach allem, was wir die letzten beiden Tage gemeinsam durchgestanden hatten und da wir uns ja jetzt ›Freunde‹ nannten, stimmte ich, wenn auch widerwillig, zu. Sie bat mich, es mir in meinem Zimmer bequem zu machen. Ich zog mir meine ›Schlumperhose‹ an, so nennt Putzi meine

von Flicken übersäte alte Jogginghose, mit der ich zu Bett gehe, und wartete. Nach fünfzehn Minuten klopfte es an meine Tür. Putzi im Bademantel. Oh Gott, dachte ich, hoffentlich hat sie da, was unsere ›Freundschaft‹ angeht, nichts falsch verstanden. »Wir dürfen beide nicht vergessen, dass wir einen im Tee haben«, sagte ich. Sie nickte. Beruhigt stellte ich fest, dass sie unterm Bademantel Leggins und T-Shirt trug. In der Hand hielt sie ein Fläschchen mit brauner Flüssigkeit. »Was ist das?«, fragte ich.
»Massageöl. Das habe ich immer dabei. Man weiß ja nie.« Sie schenkte mir ein zweideutiges Lächeln. »Entspannen Sie sich.«
Ich legte mich rücklings aufs Bett, Putzi nahm sich meine zwei Kopfkissen und stapelte sie auf den Boden, um sich darauf niederzulassen. »Aua, mein Knie!«, stöhnte sie. Dann streifte sie meine Strümpfe ab, krempelte mir die Hosenbeine und sich selbst die Ärmel ihres Bademantels hoch.
»Der Fuß ist ja sehr empfindlich, zunächst empfiehlt es sich, müssen Sie wissen, das Massageöl in der Hand vorzuwärmen. Ich benutze nur Naturprodukte, Jojoba- und Minzöl. Haben beide ein ›sehr gut‹ bei Ökotest.« Sie öffnete den Verschluss und wedelte mit ihrer Hand über dem Fläschchen in meine Richtung. »Gut, gell?«
»Tut mir leid, ich rieche nichts.«
»Ich sagte, Sie sollen entspannen, Max, Sie liegen da wie Pique 7.«
»Mir ist das irgendwie unangenehm.«
»Papperlapapp, wo wir doch jetzt Freunde sind. Machen Sie sich locker.«
Im diffusen Licht meiner Nachttischlampe sah sie aus wie eine Zauberin, die durch Handauflegen das Böse austreibt. In der einen Hand hielt sie meinen Fuß, mit der anderen strich sie vom großen Zeh in Richtung Ferse. Mit ihren

Fingerknöcheln bearbeitete sie in kreisenden Bewegungen die gesamte Fußsohle, dann mit dem Daumen den Ballen, anschließend jeden meiner Zehen.
»Au, das tut weh!«
»Muss! Alles neuralgische Punkte. Drücke ich zum Beispiel hier und hier, fördert das Ihre Verdauung.«
»Oh bitte, nein.«
»Haben Sie Hämorriden?«
»Wie bitte?«
»Dann würde ich hier drücken. Wechseljahrbeschwerden scheiden ja wohl aus. Aber dieser Punkt hier ist gut für gesunde Fingernägel.«
Ich muss zugeben, dass tatsächlich eine gewisse Entspannung eintrat. Ich atmete tief und fragte: »Wo haben Sie diese Fertigkeit gelernt?«
»Von einem meiner Männer.«
»Aha.«
Jetzt nahm sie meinen anderen Fuß. Eine Stelle um den kleinen Zeh herum knetete sie mit besonderer Hingabe. Das Blut schoss mir ins Gesicht.
»Sie haben ein großes Geschick im Erröten«, sagte Putzi.
»Ja leider, das tue ich ständig.«
»Das gefällt mir so an Ihnen.«
»Könnte drauf verzichten.«
»Vielleicht liegt es ja an mir?«
»Was?«
»Das Erröten!«
»Wahrscheinlich«, entgegnete ich trocken und verdrehte die Augen.
»Dieser Punkt hier stimuliert nämlich die Libido«, flüsterte sie.
»Wie bitte?« Augenblicklich packte mich ein Schwächegefühl in den Eingeweiden. Ganz schummerig wurde mir, wie peinlich, verspürte ich doch ein heftiges Kribbeln in der

Hose, eindeutig einen Kitzel sexueller Erregung. Scheiße. Ich bekam doch tatsächlich eine Erektion. Versuchte, an etwas anderes zu denken, mich abzulenken, zählte die Orte auf, an denen wir bereits gewesen waren: Poppenhausen … es wurde nur noch schlimmer. Mein Schwanz wuchs zwar nicht zu voller Größe, aber ein Fluffy, eine mittelharte Banane, zeichnete sich deutlich unter meiner Jogginghose ab.

»Unterlassen Sie das bitte?«, sagte ich scharf.

»Was denn?«, fragte Putzi scheinheilig.

»An mir rumzuspielen. Ich glaube Ihnen ja, dass Sie's können, aber jetzt reicht's!«

»Keine Angst. Von ein bisschen Fußmassage kriegt man keine Kinder.«

»Aufhören! Sofort!«

»Wie Sie wünschen.«

Sie fasste mir mit einem beherzten Griff in die Wade. Ein heftiger Schmerz und die Schwellung zog sich augenblicklich zurück.

»In sexuellen Dingen sind Sie sehr zurückhaltend«, sagte Putzi und lächelte verschmitzt. »Schade. Aber dann wieder bewundere ich Ihre Standhaftigkeit. Das ist eine große Tugend.«

Sie ging ins Bad, nahm ein Handtuch und trocknete sich die Hände. »Ja, Sie sind standhaft und beständig.«

»Was wollen Sie denn damit schon wieder sagen?«

»Ich wollte zuerst nicht glauben, dass Sie mich ähnlich attraktiv finden wie die berühmte Opernsängerin, aber so wie Sie auf mich reagieren …«

»Das hatte bitte schön nur etwas mit dem neuralgischen Sex-Punkt zu tun, den Sie mir da wie wahnsinnig geknetet haben.«

»Das hab ich ja nur so gesagt. Der Punkt unterhalb des kleinen Zehs ist gegen Zahnschmerzen.« Ich hörte ihr vergnügtes Glucksen.

»Sie haben einen Freund angelogen. Macht man das?«
Sie kehrte ins Zimmer zurück. »Selbstverständlich.« Ihr Triumph schien sie sehr zu beglücken. Sie öffnete die Tür zum Flur. »Träumen Sie süß!«

Zwischen der Schwäbischen Alb und dem Fränkischen Jura führt die Romantische Straße nach Südosten zur Donau. »Da möchte ich reinspucken, wenn wir drüberfahren«, sagte Putzi. »Hab ich noch nie, schon mehrmals in den Rhein, aber noch nie in die Donau.«
Wir brachen früh auf, stärkten uns mit Kaffee und Zwetschgendatschi auf der Harburg, einer eindrucksvollen Wehranlage, wo Putzi als Burgfräulein mit Schirm um den Hofbrunnen stolzierte, ihr rosa Täschchen im Anschlag. »Fehlt nur noch der stolze Ritter!«
Zu Mittag speisten wir Donauwaller auf Wurzelgemüse und Limonenpüree in Donauwörth, ließen Augsburg links liegen. »Das kenn ich ja von ›Samt und Seide‹.«
»Wie bitte?«
»Der Serie. Aus dem Fernsehen!«
»Aha.«
Dann folgten wir dem Lech, hinein in die bayerische Voralpenlandschaft, dem Pfaffenwinkel. Eine Fahrt über gewundene Straßen, entlang offener Felder. Plötzlich fuhr Putzi rechts ran und parkte das Putzi-Mobil in einer Haltebucht der Landstraße. Ein herrliches Panorama tat sich vor uns auf. Sanfte Hügel, fette Wiesen, stahlblauer Himmel, knollige Schönwetterwolken und direkt vor uns eine Herde weiß-braun gescheckter Kühe. »Kommt zu Mutti, na kommt zu Mutti!«
Tatsächlich trotteten die Viecher neugierig auf Putzi zu. Sie streckte die Hand aus, ließ sich beschnuppern und atmete tief durch. »Das Glück liegt vor uns«, sagte sie.
Wenige Kilometer weiter gen Süden wiederholte sie: »Das

Glück liegt vor uns.« Wir standen unter dem Deckengemälde der Wieskirche. Putzi zündete eine Kerze an. Draußen vor dem Portal holten wir uns ein paar ›Ausgzogene‹, noch warm und üppig mit Puderzucker bestreut, setzten uns vor die barocke Fassade unter einen Baum ins Gras und genossen den Ausblick. Wir dachten an nichts. Im Hintergrund erhoben sich die Berge. Die Sonne war kurz davor, auf die andere Seite der Kirche zu wandern. Ein verträumter Sommernachmittag. Die Luft schwirrte.

»Als der Krieg vorbei war, wurde meine Mutter Krankenschwester für gequälte Seelen«, erzählte Putzi, »später selber Patient. Meine Mutter war nicht so grobmotorisch wie ich, sehr feinnervig. Und in ihrer Sensibilität höchst gefährdet. In meiner Erinnerung waren die meisten Männer unseres Ortes in irgendeiner Weise kriegsversehrt. Meine Mutter kümmerte sich um ihre inneren Wunden. Als sie noch aktiv war, hat sie mit ihren Kranken Ausflüge gemacht. ›Eine geringfügige Störung und dein ganzes Leben kann verloren gehen‹, hat sie immer gesagt. Aber an Orten der guten Geister kannst du wieder zu dir finden. Hier hätte es ihr gefallen.« Putzi atmete tief durch.

»Denken Sie oft an Ihre Mutter?«

»Wir hatten ein knorriges Verhältnis. Meine Mutter war so gläubig, damit hat sie mir meinen Glauben ausgetrieben. Ich war ihr Blitzableiter. Für all ihre Unzulänglichkeiten. Gab ja niemanden sonst. Aber jetzt, jeden Abend vorm Ins-Bett-Gehen, bevor die Einsamkeit zuschlägt, fordere ich sie heraus, da provoziere ich sie, um das letzte Wort zu behalten, so ein Ätsch! An meinem Nachtkleid, oben am Ausschnitt, habe ich nämlich die Bändel herausgefädelt und mit Sicherheitsnadeln ersetzt. Oh, das würde sie ärgern. ›Kluve-Marie‹, hat sie mich geschimpft, und wenn Besuch kam, hat sie die Frechheit besessen, mir den Pulli hochzuziehen, um dem Besuch meine Sicherheitsnadeln, also meine Kluven, zu präsentieren, die ich schon immer lieber mochte als Knöpfe. ›Schaut, wie schlampig das Kind ist!‹ Ich war nicht gut im Handarbeiten. Damals. Bedeutete außerdem Strafarbeit, wann immer ich Arrest hatte. Dieses bescheuerte Knopfannähen, mit Steg oder ohne, und ewig sitzen sie an der falschen Stelle. Dann bin ich halt eine Kluve-Marie, jetzt erst recht!«

Die Sonne blinzelte. Schwärme von Mücken tanzten. Meine Augen zuckten. Ich kniff sie zusammen. Wir zogen unsere Schuhe aus. Das Gras war hoch. Es kitzelte an den Waden.

»Wie spät ist es?«, fragte Putzi. »Meine Uhr ist stehengeblieben.«

»Keine Ahnung.«

»Ach, auch egal.«

»Ja.«

»Schön ist's!«

»Ja.«

»Diese Stunden haben wir dem Himmel geklaut«, sagte sie.

»Sie sind ja eine Poetin.«

Putzi lächelte.

Vom Boden nahm ich eine dicke grüne Raupe und ließ das Tier in meiner Hand robben. Putzi streckte ihre Hand neben der meinen aus, und wir beobachteten, wie die Raupe von mir zu ihr kroch.

Ein japanischer Tourist in Lederhosen bat uns, ihn zu fotografieren. »Danke schön!«, sagte er, aber es klang wie »Dakki Schi.« Wir lachten. Der Japaner auch.

Dann gönnten wir uns noch ne Runde ›Ausgzogene‹ und anschließend jeder ein Weißbier. Wir stießen an und schwiegen. Das Bier gluckste. Auf Putzis Hut brummten Fliegen. Ich legte meinen Arm um Putzis Schulter. »Glück haben wir«, sagte ich, und Putzi nickte.

Für die Übernachtung leisteten wir uns ein nahe gelegenes Romantic-Wellness-Bio-Sport- & Komfort-Hotel, das mit Heubetten und Energy Cuisine warb. Ich hatte meinen Presseausweis gezückt, Putzi als meine Fotografin vorgestellt und damit angegeben, dass ich dabei sei, einen ausführlichen Bericht über die Romantische Straße zu publizieren. Ich wäre sehr aufgeschlossen, das Haus lobend zu erwähnen, sofern es sich für uns ›lohnen‹ würde.

PUTZI IM GLÜCK

Das Essen war, wie soll ich sagen, total gesund. »Eine wunderbare Mischung aus ayurvedischer Kochkunst und alpiner Wellnessküche«, so der Kellner, Rapunzelsalat aus biologischem Anbau mit frittierten Linsenbällchen, Kürbisgnocchi an Brombeerspiegel mit Limettenzucchini, begleitet von einem Koriander-Dip. Dazu einen Lilienblüten-Papaya-Cocktail.

»Morgen essen wir bitte was Reelles, 'n leckeres Schnitzel, ja?«

Putzi nickte.

Obwohl Ventilatoren über uns kreisten, war es immer noch träg-warm. Wir tranken Cappuccino. Im Garten leuchteten Lampions. Während des Essens beobachtete ich ein Pärchen, sie Deutsche, er offenbar Südamerikaner, Mulatte, ineinander versunken, sehr körperlich, ständig die Berührung des anderen suchend. Ich weiß nicht, warum mich die beiden so für sich einnahmen, sie waren weder auffallend attraktiv noch irgendwie merkwürdig, bis auf ihren Altersunterschied, sie Ende vierzig, er höchstens dreißig. Sie im ärmellosen beigefarbenen Kleid übersät mit roten Blumen, er, ganz leger, in Shorts und zerknittertem Hemd, das längliche Haar hinters Ohr gestrichen. Aber etwas an der Art, wie sie miteinander sprachen, sie deutsch, er spanisch, ließ mich neugierig werden.

Später an der Bar kam Putzi unvermittelt mit der Dame ins Gespräch. Die Hitze war immer noch drückend, die Terrassentüren weit geöffnet, die Jalousien vor den Fenstern herabgelassen. Ich fragte mich, warum, wahrscheinlich um eine gemütlichere Bar-Atmosphäre aufkommen zu lassen, oder man hatte die Jalousien tagsüber herabgezogen, um den Raum vor der Sonne zu schützen, und jetzt vergessen, sie wieder hochzuziehen. Putzi und ich bestellten Ginger Ale mit viel Eis. Zahlreiche Windlichter erzeugten ein flackerndes Licht. Sonst gab es keine Beleuchtung, außer dem laufenden Fernseher an der Wand und den illuminierten Knöpfen der Kaffeemaschine.

Putzi und die Frau griffen beide gleichzeitig nach demselben Schälchen mit Wasabinüssen, das auf der schwarz glänzenden Theke vor uns stand.

»Oh, Verzeihung«, sagte Putzi.

»Nein, bitte! Sie zuerst!« Die Stimme der Frau war schrill, der Martini, der vor ihr auf dem Tresen stand, mit Sicherheit nicht ihr erster. Die Standuhr mit messingfarbenem Pendel schlug zehn.

»Danke!«, sagte Putzi und schüttete ein paar der scharfen Nüsse auch in meine Handfläche.

»Darf ich mich vorstellen?«, fragte die Frau. »Ulrike.« Sie streckte erst Putzi, dann mir die Hand entgegen. Ich wusste nicht recht, ob ich einschlagen sollte, da meine Hand jetzt ganz salzig und krümelig war, ärgerte mich, da die Nüsse köstlich schmeckten und ich mich, nachdem ich Ulrike einmal die Hand gegeben hätte, gemäß unserem strengen Reise-Reinheitsgebot zur Vorbeugung gegen Schweinegrippe mit Sterilium hätte säubern müssen. Aber ich wollte nicht unhöflich sein, außerdem hoffte ich, dass die Schärfe des Wasabi alle Keime töten würde, also reichte ich ihr die meine. »Hallo, freut mich, Max!«

»Und das ist …«, die Frau deutete auf ihren Partner, der es sich, ein Glas – mit etwas Klarem, Eis und Zitronenscheibe – zwischen den Händen, die Ellbogen auf den Knien, in einem massiven Ledersessel bequem gemacht hatte und auf dem Bildschirm vor sich der Leichtathletik-WM folgte – gerade bereiteten sich die Finalisten zum 100-Meter-Endlauf vor, »… José.«

Bei der Erwähnung seines Namens drehte sich José kurz um und hob die Hand lässig zum Gruß.
»Hi«, sagte ich, »I'm from there!« Ich deutete auf den Fernseher, »from Berlin!«
»José, spricht kein Englisch«, sagte Ulrike und nahm einen Schluck von ihrem Martini.
»Entschuldigen Sie, wie bescheuert von mir anzunehmen, nur da ich ihn Spanisch habe reden hören, zu glauben, er würde kein Deutsch verstehen.« Und damit wandte ich mich erneut an José, dieses Mal auf Deutsch, »ich bin auch aus Berlin.« Aber José drehte sich gar nicht um.
»José spricht nur Spanisch!«, erklärte Ulrike.
»Oh!«

Putzi verfügt über die Gabe, Menschen auf Anhieb sympathisch zu sein. Sie reagieren ohne Vorbehalte. Ulrike bestellte sich noch einen Martini, Putzi noch einen Cappuccino. Nachdem die beiden die Vorteile von Kaffeevollautomaten gegenüber Nespressoautomaten – »den habe ich mir ja nur wegen dem Clooney gekauft« – diskutiert hatten, sprachen sie über José. Ohne Alkohol hätte Ulrike wohl schweigend verharrt. Aber jetzt sprudelte es aus ihr heraus. Mir war ihr Ausflug ins zutiefst Private, der jetzt folgte, im hohen Grade unangenehm. Also setzte ich einen bewusst unbeteiligten Gesichtsausdruck auf, was mich nicht daran hinderte zu lauschen. Ulrike nahm eine Schachtel Lucky Strike zur Hand, klopfte eine hervor: »Wollen Sie?« Putzi lehnte dankend ab. »Und Sie?« Ich hielt Ulrike mein Feuerzeug hin, nahm aber selber keine. »Danke nein.« Ich wollte mir später eine von unseren speziellen gönnen und war froh, dass Putzi ihr keine davon angeboten hatte. Sie gingen nämlich langsam zur Neige.
»Eigentlich wollte ich in die DomRep«, erzählte Ulrike, nahm einen Zug und verzog die Lippen seitlich, um den

Rauch auszublasen, »aber da fahren ja alle Frustnudeln in meinem Alter hin, dann schon lieber Kuba, beschloss ich, klingt irgendwie nicht gleich so extrem nach Neckermann-Sex-Tourismus. Ich rede darüber ganz offen.«
Sie zog einen Aschenbecher heran, aschte ab, warf den Kopf zurück, strich mit dem Finger langsam um den Rand des Martini-Glases und fuhr sich mit der Zunge über die Lippen. Offenbar wurde ihr ganz heiß bei der Erinnerung.
»Der kam da wie so ein Prinz angefahren«, fuhr sie fort und fächerte sich mit beiden Händen Luft zu, »zwar nur auf einem Roller, aber trotzdem cool. Da war gleich so ne magic Verbindung. Er trug ein camouflagefarbenes T-Shirt mit kubanischem Stern und einer Spermie, die mitten durch den Stern wischelte«, sie ließ die Hände auf die Theke fallen, »gewagtes Statement in einer Diktatur, nicht?« Trotz des Halbdunkels war ihr hungriger Blick zu sehen. Putzi nickte beeindruckt, und ich dachte, wat'n Scheiß.
»José pflanzte sich unaufgefordert neben mich und legte mir schon nach dem ersten ›Hola!‹ seine Hand aufs Knie«, fuhr Ulrike fort, »Gefackelt hat der nicht lang. Hat mich zu Rum eingeladen, angelacht, total frech, mit seiner sexy Zahnlücke, voll betörend. Ich verstand nur Bahnhof und bin ihm einfach hinterhergetrottet. Wenn man besoffen ist, ist mit der Sprache eh nix mehr. Und die Kubaner sind ständig blau. Ist also auch egal, was man redet. Kaum waren wir in seinem Zimmer, war die Buchse schon aus. Ich fand das ganz wunderbar. Immer ne Bottle in der Hand, dufter Sex, das gibt's bei uns so nicht. Und das mit dem Verstehen lässt man einfach weg und denkt, ach, das muss ich jetzt nicht wissen.«
»Was, Sie können sich gar nicht richtig verständigen?«, fragte ich ungläubig und warf Putzi einen verstohlenen Blick zu.

»Doch, verständigen schon, verstehen halt nicht. Die einzigen deutschen Worte, die José sprechen konnte, waren ›Romantische Straße‹, hatte allerdings ne Weile gedauert, bis ich verstanden hatte, was er meinte, seine Romantische Straße klang eher wie ›Chomantiche Stache‹, das kam bei ihm in einem Schulbuch vor. Unter ›Deutschland‹ gab's Bilder von den Bremer Stadtmusikanten, dem Palast der Republik und eben der Romantischen Straße. Jedenfalls war klar, dass, kaum kam er mich in Lüneburg besuchen, wir gen Süden aufbrachen.«
»Wie schön, sein erster Deutschlandbesuch?«, fragte Putzi.
»Ach Gott, nein! Die Romantische Straße haben wir schon vor drei Jahren bereist. Als Hochzeitsreise!«
»Oh, gratuliere!«
»Ja, schön, nicht?« Ulrike drückte ihre Zigarette aus.
»Sie haben sofort geheiratet?«, fragte ich erstaunt.
»Natürlich.« Sie lachte über meine offenbar verstörte Miene, schürzte die Lippen – spöttisch und griff nach Zigarette Nummer zwei. Sie blickte mich genau an, als entdeckte sie etwas in meinem Wesen: »Glauben Sie denn nicht an die große Liebe?«
»Doch, natürlich glaube ich an derartige Dinge.« Das sagte ich aus Bequemlichkeit.
»Ich bin ein verletzliches Wesen«, erklärte Ulrike. Sie leerte ihr Glas und stellte es geräuschvoll ab. Das Lächeln verschwand, aber ihr Blick blieb an mir hängen, »ich habe sentimentale Neigungen, einen Hang zur Romantik.«
Wohl eher zum Ficken, dachte ich und sagte: »Bitte nicht falsch verstehen, die Frage ist sicher total unhöflich, aber in drei Jahren, da könnte es doch möglich sein, die Sprache des anderen zumindest rudimentär zu beherrschen?«
»Aber das wollen wir gar nicht. Einzelne Brocken verstehe ich natürlich, schon allein aus dem Französischen heraus kann ich mir viel übersetzen, José allerdings ist daran gar

nicht interessiert.« Sie nahm zwei hastige Züge von ihrer Zigarette, »warum auch, ist doch alles wunderbar!«, und blies mir den Rauch ins Gesicht.

Wir hörten einen Schuss und fuhren herum. Das Finale war gestartet. José beugte sich dem Geschehen entgegen, die Armlehnen des Sessels umklammert, seine Füße klopften nervös aufs Parkett. Usain Bold lag bereits in Führung. »Cojones!«, schrie José. Ulrike rutschte von ihrem Barhocker und wankte auf ihn zu. Noch wenige Meter und Usain Bold war Weltmeister. José riss die Arme hoch, und Ulrike ließ sich in seinen Schoß fallen.

Ein älterer Herr nahm jetzt nicht weit von uns entfernt Platz und machte sich auf seiner Serviette Notizen.
»Was waren Sie denn so stieselig zu der Ulrike«, schimpfte mich Putzi.
»Mir war ihre zur Schau gestellte Zügellosigkeit unbehaglich«, sagte ich, »ich bin kein Freund von öffentlicher Selbstenthüllung.«
»Ach nein?«
»Schauen Sie mal unauffällig zu dem da drüben!«
»Zu wem?«, trötete Putzi laut und vernehmlich durch den Raum.
»Pssst! Nicht so auffällig! Der da!« Putzi folgte meinem Blick.
»Den kenne ich aus'm Fernsehen.«
Ich nickte, um Beiläufigkeit bemüht.
»Aber ich weiß grad nicht, woher. Promi-Kochen, Dschungelcamp, Promi-Boxen, aber was für ein Promi?«
»Das ist Frieder Kaltenbach.«
»Ach ja, der alte Haudegen!«
Vor zehn Jahren hatte Frieder Kaltenbach ein Buch geschrieben, über seine Zeit als Kriegsreporter, das von Pres-

se und Publikum gleichermaßen gefeiert wurde. Frieder Kaltenbach hatte die ganze Welt bereist, als Fotograf, Forschungsreisender, Abenteurer, mit sämtlichen Despoten und Diktatoren Interviews geführt, hatte Expeditionen ins Polarmeer geleitet, vor Klimawandel, Terroristen, der katholischen Kirche oder was sonst noch gerade aktuell war, gewarnt.
»Ein Wahnsinnstyp«, flüsterte Putzi.
»Nicht so auffällig hinstarren. Das ist doch unangenehm.«
Aber da winkte Putzi ihm schon, rief »Huhu« und setzte ohne Atemholen hinzu: »Wir kennen Sie aus'm Fernsehen!«
Die Kerzen zeichneten Frieder Kaltenbach tiefe Schatten ins Gesicht. Er musterte Putzi mit sprachloser Verwunderung, drückte dreimal auf seinen Kugelschreiber, Plopp Plopp Plopp, und ließ ihn in der Innentasche seines Jackets verschwinden.
Wie peinlich, dachte ich und setzte einen möglichst neutralen Gesichtsausdruck auf, als gehörte ich nicht dazu. Aber dann lächelte Frieder Kaltenbach. Es war ein seltsames Lächeln, zeugte von Gedankenferne, nur die linke Gesichtshälfte zog sich hoch. Das wiederum fand ich beruhigend, dass es die linke, die Herz-Seite war, die sich bewegte. Hätte er rechts gelächelt, wär's fies gewesen, bildete ich mir ein. Frieder Kaltenbach legte den Kopf etwas schief, ebenfalls nach links. Das ließ ihn weniger heroisch, nicht so arrogant wie im Fernsehen wirken. Insgesamt war er kleiner, feinnerviger und mit seinen tiefgefurchten Wangen älter, als man ihn aus den Medien kannte. Er strahlte Tatendrang und Entschlossenheit, aber auch Wohlbefinden aus, kam nicht so Crocodile-Dundee-mäßig rüber wie sonst. Seine obligatorische Steppjacke hatte er gegen einen leichten Leinenanzug getauscht, trug trotz der Schwüle Hemd und gestreifte Krawatte. Er reichte mir die Hand –

ein weicher Druck –, atmete schwer durch die Nase und fuhr sich mit einem Taschentuch über die Stirn. Putzi thronte monumental auf dem Barhocker und plauderte fröhlich drauflos. »Die sanitären Einrichtungen im Badezimmer sind spitze und so schön sauber. Und erst die Badewanne, mit diesen Sprudeldüsen, ein Traum, gell?«
»Ja, was kann es Schöneres geben«, antwortete Frieder Kaltenbach, »eine heiße Wanne, einen Drink, ich mag es nicht, zu duschen.« Seine Stimme war tief, kehlig, die Sprechweise gedehnt, selbstbewusst – die Stimme eines Reporters, der Aufmerksamkeit fordert. Seine Gelassenheit beeindruckte mich, die Art, so ungezwungen mit Putzi zu plaudern und dabei doch förmlich zu bleiben.
»Ich mag es auch nicht, zu duschen«, sagte sie.
»Wissen Sie, was ich an Tagen, an denen es mir besonders gut geht, mache?«
Putzi schüttelte den Kopf.
»Eine Wanne und zwei Drinks.«
»Dann geht es Ihnen heute offensichtlich gut.«
»Blendend. Das ist mein dritter. Was nehmen Sie? Seien Sie mein Gast. Bitte.«
»Oh, danke, was empfehlen Sie?«
Er schwenkte seinen Whiskey im Glas. »Das ist ein Macallan.«
»Gerne.«
»Und Sie?« Er wendete sich an mich.
»Da bin ich dabei.«
Mit erhobener Hand zog er die Aufmerksamkeit des Barkeepers auf sich und bestellte.
»Sehr wohl, Herr Kaltenbach.«
Dann begann er, uns mit Fragen zu bombardieren – und war dabei doch von ausgesuchter Höflichkeit –, wie wir zusammengehörten, was wir hier machten, wie lange wir bereits unterwegs seien, bis wohin unsere Reise ginge …

»Bis Radolfzell.«
»Warum?«
»Klassentreffen. Ich habe ein Klassentreffen.«
»Wie schön.«
»Im Moment habe ich regelrecht Angst davor.«
»Schlimmer als jedes Haifischbecken, was?«
»Das weiß ich nicht. War ja noch nie auf einem. Aber ich habe Angst, der Vergangenheit zu begegnen. Der Liebe meines Lebens.«
»Das Gute mit Ängsten ist, man kann sie verstecken. Ich habe es immer so gehalten, wenn meine Hände zitterten, schob ich sie in die Hosentaschen.«
Trotz seiner Forschheit war mir Frieder Kaltenbach sympathisch. Putzi bot ihm eine unserer Spezialzigaretten an. Er lockerte seine Krawatte. Wir bestellten jeder noch einen Whiskey. Nummer vier für Frieder Kaltenbach. Er zeigte keinerlei Anzeichen von Trunkenheit, wobei die Lider seiner Augen sichtlich schwerer hingen als noch vor einer Stunde. Als er die Zigarette angezündet hatte, tat er einen tiefen Zug.
Jetzt fragten auch wir, welche Stadt für einen Weitgereisten wie ihn die schönste sei. »Brügge«; wo man am besten essen könnte, »immer noch Paris«; was man unbedingt gesehen haben muss, »trotz der Touristenmassen: Angkor Wat«; und wo man auf der Welt seiner Meinung nach die glücklichsten Menschen findet. »Bei Männern habe ich dafür nicht so den Blick, aber die glücklichsten Frauen sieht man im Petersdom, immer dann, wenn eine philippinische Nonnengruppe durchs Hauptportal einzieht. Auf ihren Gesichtern spiegelt sich zugleich Weihnachten und Ostern, der erste Kuss, die Kommunion, das erste Verliebtsein und die sinnlichste Versenkung wider.«
»Sind Sie verheiratet?«, wollte Putzi wissen.
»Nie gewesen.«

»Komisch. Sie haben was von einem unglücklichen Ehemann«, sagte sie.
Frieder Kaltenbach ließ ein Lachen hören, das wie Husten klang. »Was veranlasst Sie zu dieser Annahme?«
»Ein Gefühl.«
»Das notgedrungen zölibatäre Leben, das ich häufig führen musste, passte zu mir. Aber ich kann auch anders.«
»Das sehe ich.«
»So was können Sie sehen?«
»Glauben Sie mir, sie kann«, sagte ich und zeigte auf seine Hand. »Und der Ring?«
»Den trage ich immer auf Reisen. Eine Vorsichtsmaßnahme. In Afrika oder Asien wird man sonst leicht als potentieller Heiratskandidat angesehen.«
»Nicht nur in fernen Ländern«, sagte Putzi, »ich habe auch einen falschen Ring. Für alle Fälle. Man kann ihn ja abnehmen, gell?«
»Genau.« Frieder Kaltenbach lächelte – linksseitig. Die Pendeluhr begann, die zwölfte Stunde zu schlagen.
»In den Zeitschriften steht ja viel über Ihre amourösen Abenteuer«, schmunzelte Putzi.
»Mit der Zeit verschwindet man unter dem Schild der öffentlichen Meinung. Mein Leben ist in vielem langweiliger, als man es meinen könnte.«
»Würde man unser Leben aufschreiben«, sagte Putzi, »würde es auch niemanden interessieren, gell Max? Total unspektakulär. Da müsste man schon viel erfinden, um es interessant zu machen.«
»Eher müsste man zwei Drittel weglassen«, murmelte ich, »damit es halbwegs glaubwürdig wird.« Und dann lauter: »Was führt Sie hierher, man vermutet Sie eher in Kabul.«
»Ich habe einen neuen Blog, Kaltenbachs kulinarische Streifzüge.«
»Keine Abenteuer mehr?«, fragte Putzi.

»Nein. Vorbei.«
»Schade.«
»Es hängt natürlich immer vom Angebot ab, Madame.«
Die beiden wechselten einen Blick, den ich lieber nicht gesehen hätte.
»Außerdem sind die Zeiten vorbei, in denen man allein seiner Intuition und Erfahrung vertrauen durfte. Mittlerweile gibt es für alles Lifestreams und Websites. Ein paar Klicks und man meint, die Situation umrissen zu haben und wiedergeben zu können.« Er räusperte sich. »Dem ist natürlich nicht so.«
»Nein«, pflichtete ihm Putzi bei, »man muss seine Erfahrungen schon selber machen.«
»Das Terrain vor Ort sondieren.«
»Richtig!«
»Möchte noch jemand Kaffee?«, fragte der Barkeeper.
Wir schüttelten den Kopf.
»Dann mache ich die Maschine jetzt aus.«
Auch der Fernseher lief nicht mehr, die Windlichter waren bis auf zwei heruntergebrannt. Im Hintergrund lief leise Klaviermusik vom Band. Die Uhr tickte laut. Ulrike und José hatten die Bar längst verlassen, wir waren die letzten Gäste. Die Dunkelheit und die späte Stunde ließen uns mit gedämpfter Stimme reden.
»Ich habe zu viel Zeit mit der hässlichen Realität verbracht«, sagte Frieder Kaltenbach mit nachdenklichem Blick. Sein Ton blieb völlig neutral. »Das ist jetzt alles vorbei und doch noch da.«
»Sie sollten mehr träumen«, schlug Putzi vor.
»Aber dann wacht man auf, und die Träume sind verschwunden.«
»Daher empfehle ich Tagträume!« Putzi zwinkerte ihm zu.
»Noch einen Whiskey?«, fragte der Barkeeper.
Putzi nickte, und er füllte ihr Glas bis zum Rand.

Ich konnte nicht mehr. »Tut mir leid, ich verabschiede mich und wünsche eine gute Nacht.«
Vorwurfsvoll schaute Putzi auf mein noch volles Glas. »Max, Sie sind heute aber nicht besonders trinkfest!«
Ich rutschte von dem Hocker und leerte meinen Whiskey in einem Zug. Runter damit. Mir war schwindelig, ich schwankte leicht und dachte, scheiße, bin ich beduselt. Frieder Kaltenbach stand auf und legte mir die Hand auf die Schulter. »Wir sehen uns wieder«, sagte er mit Zuversicht, »hier oder woanders.«
Er hatte den Hauch von Ferne und einen geheimnisvollen Geruch von vergangener Zeit an sich, vielleicht war es aber auch nur ›Tabac Original‹. Putzis nackter Arm war quer über die Bar ausgestreckt. Frieder Kaltenbach nahm jetzt auf dem Hocker Platz, den ich gerade verlassen hatte, und legte seine Hand auf die ihre. Sie saßen da und schauten sich an, und ich ihnen zu.
Als ich beim Barkeeper die Rechnung für unser Abendessen begleichen wollte und auf dem Display die PIN meiner EC-Karte eintippte, hörte ich Putzi fragen: »Herr Kaltenbach, wie wäre es mit einer Fußmassage?«

Mitten in der Nacht wachte ich auf. Orientierungslos. Ich hatte einen bitteren Geschmack im Mund. Mein Herz klopfte heftig. Ich war in das Laken gewickelt und in Schweiß gebadet, und doch dufteten die Kissen noch immer nach frisch gebügelter Wäsche. Die leuchtenden Ziffern meines Weckers zeigten 5:23. Ich blieb eine Weile still liegen. Vor den Balkontüren bauschten sich die Vorhänge. Einer der Fensterläden bewegte sich im Wind. Klickklack. Wie Schritte auf Holzfußboden. Klickklack. Die Luft schwer, immer noch schwül und still. Kein Straßenlärm. Draußen wiederholte ein Vogel den immer gleichen Ruf. Eine Amsel, oder ein Alpenvogel? Keine Ahnung. Ich kenne mich nicht aus mit Natur. Für mich hörte es sich an wie mein Berliner Morgenvogel. Die Schläfrigkeit vernebelte mir die Sinne. Ich fühlte mich schwach und verträumt, war mir auch nicht sicher, ob das, dessen ich dann Zeuge werden sollte, Phantasie oder Realität war. Steif setzte ich mich auf und schüttelte das Blut zurück in meine Arme und Beine. Ich suchte nach dem Lichtschalter und fand ihn nicht, hatte Koordinationsschwierigkeiten, als ich über den dicken Teppich schlurfte, befürchtete kurz, ich könnte mir Fußpilz zuziehen, fing die flatternden Vorhänge ein, schob sie zur Seite und trat auf den Balkon.

Das Haupt der Sonne tauchte am Horizont auf, und erste Strahlen durchschnitten die Dunstschwaden, die wie ein Schleier über dem Rasen hingen. Unten am Teich, auf dem die Enten noch schliefen, gleich neben dem Lattenzaun, der zum Saunatempel führte, standen, aneinandergelehnt, Putzi und Frieder Kaltenbach. Ich erkannte eindeutig ihre Silhouetten. Zwei brennende Lichter stiegen vor ihnen auf, wie in Zeitlupe, erst zögernd, dann immer schneller.

Der Wind trieb sie in meine Richtung, ich dachte kurz, hoffentlich landen die nicht auf dem Dach und entzünden das Hotel, dann aber verfolgte ich den Flug der Papierlaternen, immer höher und höher, lauschte dem sich entfernenden Rascheln. Als ich mich wieder umdrehte, waren Putzi und Frieder Kaltenbach verschwunden. Die Bergketten schimmerten rötlich auf, der See lag friedlich da, nur zwei Schwäne, die sich gegenseitig neckten. Mein erster Gedanke: Putzi hat sich in einen Schwan verwandelt. Ich war mir der Dusseligkeit meiner Einbildung durchaus bewusst. Aber die Idee gefiel mir. Putzi als Schwan. Ich hatte wohl eindeutig zu viel Alkohol getrunken. Mein Kopf schmerzte. Dabei waren es doch nur wenige Gläser gewesen. Eigentlich kein Problem. Vielleicht hatte mir Frieder Kaltenbach was in den Drink gekippt, um mit Putzi alleine zu sein? Plötzlich fröstelte ich. Ich spürte, wie mir die Kälte den Rücken hochkroch, ich zog die Vorhänge zu, schmiss mich aufs Bett und fiel zurück in einen dünnen Schlaf.

Beim üppigen Frühstück mit ganz viel Obst und Bircher Müsli versicherte mir Putzi, dass ich nicht geträumt hatte, auch wenn sie, anders als sonst, mit Details geizte. Laut »Frieder«, sie nannte ihn jetzt beim Vornamen und machte dazu eine allzu gelassene Miene, sei ihre Zusammenkunft mit einem chinesischen Brauch geadelt worden. Sie hätten noch in der Bar zwei »Himmelslaternen« aus alten Zeitungen und Korkendraht gebastelt, die Hülle mit ihren Wünschen beschriftet, unten dran ein Teelicht gehängt, um sie in den Sonnenaufgang hinein zu verabschieden.
»Raten Sie mal, was Frieder dabei gesagt hat.«
»Woher soll ich das wissen?«
»Unsere Wünsche machen sich auf, die unendliche Weite zu erobern.«
»Wat'n Kitsch.«

»Nicht, wenn das der Frieder sagt.« Ihr Gesicht leuchtete zuversichtlich und verfärbte sich sogleich dunkelrot. Das war völlig untypisch für sie. Putzi sagte, sie selbst sei sich in diesem Moment »erhaben und mickrig zugleich vorgekommen, so unendlich!«.

Jetzt blickte sie sich ständig um. Ich nahm an, nach ihm. Die Röte ihres Gesichts verflog so schnell, wie sie gekommen war. Sie widmete sich dem Schaum ihres Milchkaffees, den sie mit einer Zuckerschicht überzog, um dann die süße Kruste abzulöffeln. Der schmale Frühstücksraum mit seinen zwei Tischreihen war hell und freundlich. Es roch nach frischen Croissants und gebratenem Speck. Auf dem Tisch standen Blumen. Ihr Name wollte mir nicht einfallen.

»Dahlien«, sagte Putzi, die meinem Blick gefolgt war. Sie köpfte ihr Frühstücksei. Mit einem Schlag. Ein sauberer Schnitt. Dann butterte sie ihre Semmel und teilte sie in drei schmale Streifen. Diese tunkte sie nacheinander ins Eigelb. Eine müde Kellnerin im Dirndl und mit eckiger Brille im Gesicht schlurfte mit einer silbernen Kaffeekanne heran und schenkte mit finsterer Miene nach. Als Putzi mit ihrer Semmel fertig war, wischte sie sich die Krümel mit der Serviette aus den Mundwinkeln und nahm die Tasse zur Hand: »Wissen Sie, was der Frieder liebt?« Sie rührte in ihrem Kaffee und schaute mich erwartungsvoll an.

»Jetzt machen Sie's nicht so spannend, woher soll ich das wissen?«

»Heißluftballons. So wie ich. Damit hat er ganz Südostasien bereist. Romantisch, gell?«

Ich verdrehte die Augen.

»Was kann es Schöneres geben. Über den Wolken, den Sternen nah, man schließt die Augen, und der Moment, der einen ausfüllt, währt ewig …«

»Das glaube ich, denn da oben wird langsam der Sauerstoff knapp.«

»Aber nicht, wenn der Frieder am Steuer ist.« Sie prostete mir übertrieben lächelnd mit ihrer Kaffeetasse zu, um mir zu bedeuten, war alles nur ein Scherz. Aber ihr Gesicht nahm den Ausdruck von Wehmut an, ganz gleich wie sehr sie jetzt lachte und scherzte, »einmal in einem Heißluftballon entschweben«. Plötzlich ging mir die Seltsamkeit unserer Lage auf. Ich empfand eine irgendwie furchterregende Verantwortung. Für eine Frau, die vom Alter her meine Mutter sein könnte. Nicht konkret, eher so abstrakt. Ich konnte es nicht in Worte fassen, spürte aber deutlich das Gewicht. Es drückte mich in den Sitz. Putzi stellte ihre Tasse ab und blickte durchs Fenster zu den Liegestühlen, Tischen und Sonnenschirmen, zwischen denen ein Gärtner den Rasen sprengte, und verfiel in grüblerisches Schweigen. Ich schob den Teller von mir weg und trank meinen Saft aus. Die Stille dehnte sich. Ich hätte gerne noch nach Einzelheiten der gestrigen Nacht geforscht, aber ihre Miene verbat das. Sie wendete sich vom Fenster mir zu. Durch die Nasenflügel sog sie deutlich hörbar die Luft ein und beendete das Schweigen mit einem Kleist'schen »Ach«, das alles und nichts bedeuten konnte.

Es regnete dünne Schlieren, als wir aufbrachen. Der Scheibenwischer rutschte träge hin und her. Mein Fenster hielt ich geöffnet, denn es war trotzdem warm. Ich lehnte meinen nackten Arm auf die runtergekurbelte Scheibe. Grüne Wiesen unter einem porösen Himmel.

Neuschwanstein war von einer grauen Wolke umhüllt. Wir sahen nichts. Keine Berge, kein Schloss, nur unzählige Reisebusse.

»Ich will das Schloss in der Sonne sehen! Zu dem Schwanen-Weiß gehört die Sonne!« Putzis Laune war an diesem Tag so schwankend wie die von König Ludwig.

Also beschlossen wir, erst einmal in den vom Dunst verhangenen Alpsee zu tauchen, der uns zwischen Felswänden und dunklen Wäldern smaragdgrün entgegenleuchtete.
Ich wollte in Boxershorts schwimmen, Putzi im Unterkleid. Aber sie meinte, wir sollten nicht so prüde sein, es würde uns eh keiner beobachten und dann brauchten wir nicht zu warten, bis die Sachen wieder trocken wären. Wir hielten an einer kleinen Badebucht. Ich zog mich in die rechte Ecke zurück, Putzi in die linke. Uns trennte ein Gebüsch. Der Etikette wegen. Im Nu waren wir nackt. Im nächsten Augenblick im Wasser, schwammen kraftvoll hinaus.
»Ich war immer eine tolle Schwimmerin«, rief mir Putzi zu.
»Aha.«
»Die beste meines Jahrgangs.«
»Jaja.«
»Echt.«
»Wollen wir wetten, wer länger unter Wasser bleiben kann?«

Der See war ruhig und eiskalt. Wir klapperten mit den Zähnen. Es nieselte noch immer. Ich machte mir Sorgen, dass man unsere Kleider klauen könnte, hatte ich schließlich oft genug selbst praktiziert, am Berliner Schlachtensee, und dann viel Spaß gehabt, wie die entnervten Rentner unbekleidet und verschämt den Rückzug antraten. Eine Sauerei, ich weiß.
»So viel Subversivität hätte ich Ihnen gar nicht zugetraut«, meinte Putzi.
»Vielleicht werden wir nackt fotografiert«, sagte ich, während wir nebeneinander schwammen. »Mittlerweile muss man ja permanent Angst haben, dass jedes peinliche Foto gleich im Netz landet.«
»Wir sind nur nackt, nicht peinlich! Und außerdem kann man Sie ohnehin schon googeln«, sagte Putzi.

»Jeder, der auch nur eine Sekunde lang seine Nase in irgendeine Kamera hält, ist zu googeln.«
»Aber nicht nackt.«
»Nackt?«
»Ja.«
»Oh weia.«
»Aber man sieht nichts ab unterhalb des Bauchnabels.«
»Sie haben mich nackt gegoogelt?«
Ich schwamm zurück. Die Kleider waren noch da. Als ich aus dem Wasser stieg, pfiff Putzi hinter mir her.

Der Himmel riss auf. Ein Sonnenstreif. Endlich. Wir tranken Kaffee aus Pappbechern. Damit stiegen wir in einen der kleinen Touristenbusse, der uns über eine schmale Piste zu Ludwigs geheimnisumwittertem Traumdomizil brachte. Wir liefen durch ein Waldstück, ganze fünf Minuten lang, was Putzi als Zumutung empfand, auf die Panoramabrücke, die uns einen phantastischen Blick auf das Märchenschloss erlaubte.

Um uns herum deutsche Touristen, die allesamt wie Putzi Allwetterjacken trugen.
»Erinnern Sie sich daran, was der Asiate mit Brille in Weikersheim gesagt hat?«, fragte sie.
»Die trugen alle Brille.«
»Halt einer von denen. Er meinte, jeder deutsche Heinz trägt eine Allwetterjacke. Erinnern Sie sich nicht?«
»Doch ja, ich glaube, weiß nicht, warum?«
»Ich bin auch eine Allwetterjacke. Sehen Sie …«, sie zeigte auf die deutschen Touristen um uns herum, »tragen alle Allwetterjacken, einer wie der andere, alle gleich, wogegen das da …«, sie zeigte auf das Schloss, »… das da ist besonders. Aber ich, ich bin Allwetterjacke.«
»Aber Marianne, seit wann sind Sie Allwetterjacke?«

Sie fiel in sich zusammen und schwieg. Als wollte sie ihrer Leibesfülle zum Hohn in sich selbst verschwinden. Eben noch himmelhochjauchzend, jetzt zu Tode betrübt. Sie tat mir leid. Sehr. Was tun? Ich fasste einen Entschluss: Chez Uli!
Jetzt, wo wir am Höhepunkt und gleichzeitig am Ende der Romantischen Straße angekommen waren, dürften wir uns wohl erlauben, bevor wir weiter nach Radolfzell zu Putzis Klassentreffen führen, einen Schlenker nach Esslingen bei Stuttgart zu unternehmen, ein Umweg von gerade mal drei Stunden, um uns im ›Chez Uli‹ runderneuern und aufhübschen zu lassen. Ein Doping für das Selbst.

Uli ist so etwas wie der Udo Walz des Schwabenländles, aber das bereits seit Jahrzehnten, als Udo Walz noch als Lehrling die gefallenen Locken zusammenkehren musste. Und er ist ein guter Freund vom barocken Peter, der in Philipps Film ›Leni Riefenstahl, Inge Meysel, Franka Dietzsch und der gestiefelte Kater machen einen Ausflug‹ die Rolle des gestiefelten Katers übernehmen soll.

III

CHEZ ULI

Uli meint, er gehöre nach Paris, wirkt aber seit sechsundvierzig Jahren in Esslingen. Und seine Kundinnen schwören: »Unser Uli hat die große Welt zu uns nach Esslingen gebracht.«

›Chez Uli‹ heißt sein Salon, in dem nichts zueinander passen will und sich doch alles ineinanderfügt. Ein Beauty-Palast in Apricot und Gold.

Auf zweierlei Wegen findet man Einlass in sein Reich. Entweder, ganz pittoresk, über eine kleine Brücke, die über den an dieser Stelle sehr schmalen Neckar führt, »meinen Canal Grande«, oder aber, und diesen Weg nahmen Putzi und ich, vorbei an einem Fachgeschäft für Hörgeräte, hindurch unter dem Schriftzug ›Chez Uli‹ aus pinken Leuchtstoffröhren. Ich war sicher, das Entree würde Putzi imponieren.

Uli war vorab von mir über mein Vorhaben informiert worden. »Uli, ich brauche deine Hilfe, mein fleißiges Aschenputtel hat eine Verwandlung nötig«, hatte ich ihn gebeten. Er war begeistert. »Lass mich die gute Fee sein!«

Und ganz feenmäßig stand er nun da, wedelte mit seinem glitzernden Fächer und öffnete uns die Tür zu seinem Zaubertempel. »Hallöle!«

Ein betäubender Geruch empfing uns, eine Mischung aus Zimt und süßlichen Räucherstäbchen.
»Wie in Tausendundeiner Nacht«, staunte Putzi. Wie in einem orientalischen Puff, dachte ich.
Uli umarmte mich und flüsterte mir ins Ohr: »Dei Cinderella isch wohl eher der kleine Kürbis, der zu einer prächtigen Kutsch werden soll!«, und bat uns herein.
Künstliche Lilien, natürlich in Apricot, hingen von der Decke, auf dem apricotfarbenen Granitboden, »selbstredend italienisch«, waren Tigerfelle drapiert. Überall bimmelten Glöckchen, Windlichter flackerten, Schirme aus Reispapier raschelten im Windzug der Ventilatoren. An den Wänden filigrane Illustrationen von indischen Tanzszenen. Ein hölzerner Mohr, »des isch mei Negerle«, mit paillettenbesetzter Baskenmütze thronte im grünen Frisierstuhl, flankiert von einem mannshohen Buddha. Neben der ebenfalls apricotfarbenen Registrierkasse ein Porträt-Foto von Ulis verstorbener Mutter, »meine Mutsch«, eine wohldistinguierte Dame, aufgeweckt, huldvoll, freundlich, deren volles graues Haar in halblange Wellen frisiert war, mit Schmuckbrosche am weißen Blusenkragen vor blauem Hintergrund, der ihren Augen schmeichelte und einen Kontrast zum Gold des Rahmens bildete.

Jede von Ulis Bewegungen gewann an Dramatik durch den mit Goldfäden durchwirkten schwarzen Sari. Darunter trug er ein Hemd mit reich besticktem Kragen, zum Stil des Ladens passend, natürlich in Apricot. ›Wie ein Flamingo‹, dachte ich. An seinen Füßen goldglänzend besprühte Birkenstocks. Bis hinauf zu den Ellbogen waren seine Arme behängt mit glitzernden Ringen, Reifen, Freundschaftsbändchen, Muschel- und Perlenketten. Hinter seiner Nana-Mouskouri-Brille blitzten blau seine schelmischen Augen. Die graue Haarpracht war hinten im Nacken mit ein paar Nadeln zu einem Doppeldutt festgesteckt, sein Vollbart unterm Kinn mit Flitzegummi zusammengezwirbelt.

Das Bild des Gurus zersprang in dem Moment in tausend Stücke, wenn er neckisch grinsend sein Gebiss raus- und wieder reinspringen ließ. Das macht Uli gern, um seinen Worten Nachdruck zu verleihen oder Passanten zu erschrecken, am liebsten im Auto vor der roten Ampel. Auch bei Putzi. Raus. Rein.

Anfänglich hatte ich Sorge, dass Putzi gleich wieder kehrtmachen würde und Uli als exotischen Spinner verschreien könnte, aber die beiden verstanden sich auf Anhieb prächtig. Mit staunenden Augen drehte sie sich nach allen Seiten um. »Ein kleines Paradies!«, rief sie berauscht.

»Was für ein entzückendes Kompott-Hütle Sie da tragen«, revanchierte sich Uli, »und dieses Täschle, très chic!«

»Ich bin die Mary!« Sie streckte ihm die Hand entgegen, und Uli küsste sie formvollendet auf den Handrücken, »Madame Mary! Enchanté!«

»Aus Konschtanz!«, sagte Mary.

»Vom Bodensee? A geh! Mei Mutsch war auch ein Seehas. I dacht immer, es gäb keine Originale mehr im Ländle, außer mir natürlich!«

»Marianne, Sie schwäbeln ja«, stellte ich erstaunt fest.

»I red badisch!«

Ulis Assistentin, Frau Münzenmaier – in der Erscheinung das genaue Gegenteil von Uli, schlicht, zurückhaltend, seriös –, servierte Salzbrezen mit Butter, Streuselkuchen und Kaffee. »Wir wollen Sie doch verwöhnen!«, sagte sie und deutete im Rückzug eine Verbeugung an.

Putzi war zu aufgeregt, um zu essen. »Was haben Sie denn mit mir vor, Herr Uli?«
»Jetzt gucke'ma amal, was die Inschpiration sagt«, erklärte Uli, »alles eine Frage der Inschpiration!«

Jahrzehntelang war Uli der Friseur von Caterina Valente. Als ich vor Jahren zum ersten Mal seinen Laden betrat, schmückten unzählige Fotos die Wände, die ihn u.a. mit Bibi Jones, Ireen Sheer, Daliah Lavi, Heidi Brühl und Ivan Rebroff zeigten, »aber irgendwann hab i die wegg'macht, den Heckmeck brauch i nimmer, den Beruf hab i eh nur ergriffe wege der Farah Diba!«
»Wegen der Frau vom Schah?«, fragte Putzi.
»Die Krönungsfrisur der Diba, das war mein Coming-out. Die Steckfrisur mit diesem brillanten Scheiß obendrauf, was der Alexandre …«
»Der wer?«
»Der weltbeste Figaro, hat auch die Callas und die Taylor frisiert, was der da gezaubert hat, das war überirdisch. Von da an wollt i nimmer zum Ballett – i hab ja getanzt, bis vor fünf Jahren kam i ins Spagat – nein, ab sofort sollte der Salon meine Bühne sein.«
Uli geleitete Putzi zu ihrem Frisierstuhl. Frau Münzenmaier servierte Champagner. »Wir wollen Sie doch verwöhnen!«
»Mei Vadder hat natürlich durch'dreht: ›Du spinnst doch, den Leuten den Dreck vom Kopf kratze‹, hat er geschrien. ›Du kannscht mi am Arsch lecke‹, hab i geantwortet und meine Mutsch frisiert. Meine Mutsch war meine erste Kundin, mein erstes Modell. Bis zu ihrem Tod haben wir zusammengelebt und gearbeitet. Sie ist sogar mit nach Mykonos. Jeden Sommer. Die haben sich vor mir verneigt in Griechenland. Wegen meinem langen Bart. Die habe g'dacht, i sei'n orthodoxer Pope oder so. Und in Afrika

sind die Massai total ausg'flippt. Da bin i auch g'wese. Mit der Mutsch. Nicht so oft wie auf Mykonos. Die Afrikaner haben sogar kleine Tonfiguren nach mir gefertigt. Die stehen da jetzt immer noch rum, in Kenia, irgendwo mittendrin in der Savanne, werden langsam zugeweht, versinken im Sand, und in zweihundert Jahren wiederentdeckt, und dann wird man meinen, i sei ä Gottheit.« Uli klatschte vor Freude in die Hände. »Überall war meine Mutsch dabei, auf Mykonos, in Afrika, überall. Sie war der toleranteste Mensch. Dafür hab i sie aussehe lasse wie die Farah Diba!«

»Wegen dem Schah bin ich seinerzeit in Frankfurt auf die Straße gegangen!«, warf Putzi ein.

Oh Gott, dachte ich, jetzt eskaliert's.

»Ach weischt, Schätzle«, sagte Uli und legte Putzi mit einem Schwung den Friseurumhang um, »i hab ja nie n Hehl draus gemacht, dass i als Tukkerle mit Kajal und Puder auf die Welt g'komme bin. Des war damals politischer als wege dem Schah auf die Straß zu renne. Das haben ja alle gemacht, die nicht wussten, was sie sonscht tun sollten. Diese ewige Wut, des Sauertöpfische, des graue Einerlei, i hab's einfach ned verstande, sich pausenlos zu empöre.«

»Das ist doch was Gutes, empört zu sein«, widersprach Putzi, »heute ist niemand mehr empört.«

»Aber die Art und Weis, wie die empört ware, des war eben nur empört ums Empört-sein-Wollen, eine empörte Pose, nix weiter.«

Putzi nickte.

»I generalisiere, sicher, aber i sehe ihnen noch die Spuck'fäden der Empörung am Mundwinkel hänge, das verbohrte Flackern in den Augen. Unappetitlich. Eben waren mir alle noch schön im ›Maxim‹ schwofe, dem In-Treff Esslingens. Plüsch. Samt. Rot. Toll. Mit Live-Kapelle, da

ist die Jugend, zum Fünf-Uhr-Tee am Sonntag hin, mit hochgetürmten Locken wie die BB, im nächsten Moment alle sauertöpfisch. I war ned sauertöpfisch, nie, war schon immer sehr schwul in meiner Schwulität, i war bunt, ja, des war mei Protescht, so schillernd zu sein wie die Krönungsfrisur der Diba. Auf die Farah Diba lass i nix komme. Der Diba amol die Haar mache, ach, des wär mei Traum. Geh Max, dafür, dass i über euch den Zauber ausschütt, schreibst mir ein Brief, des machscht mir, gell?«
»Was soll ich denn da schreiben?«, fragte ich.
»Dass sie der Auslöser meines fast fünfzigjährigen Haarfetischismusses ist. Und i ihr gern mal die Haar mache tät, kostenlos natürlich, i muss auch ned schneide, nur wasche und lege. Und spraye natürlich! I bin der Meischter des Haarsprays, des isch ä Kunscht für sich, eine ganz eigene Kunscht!«
Putzi bestaunte derweil eine der zahlreichen Ketten um Ulis Handgelenk, strich sanft mit ihren Fingern darüber, »was für ein schöner Perlmuttanhänger«, sagte sie.
»Ä Süßwasser-Perlenkette«, verbesserte Uli, »aus Ibiza!«
»Aus Ibiza?« Putzi nickte bewundernd.
»Ja, aber nach Ibiza fahr i schon lang nimmer, nur noch nach Fuerteventura, zum Faschte, dreimal im Jahr.«
»Abschlacken hab ich auch schon versucht«, sagte Putzi, »aber es bringt nichts! Außerdem ekele ich mich so vor dem Zeugs, das man da trinken muss. Wie führen Sie denn ab? Trinken Sie oder nehmen Sie ein Klistier?«
»Bitte Putzi, Sie sind eine Dame«, sagte ich.
»Ich bin keine Dame.«
»Nein, in der Tat, das Abführen is ganz entscheidend für die Selbstreinigung des Organismus«, sagte Uli. »I bevorzug allerdings ein Einläufle mit Schlauch.«
»Man räumt ja auch erst mal den alten Dreck raus, bevor man poliert«, stimmte Putzi zu.

»Des brauch i, damit i en facon bleib! Aber es gibt einen Trick für die Zeiten, in denen i fröne …«, er entwickelte seinen Sari, raffte das Hemd hoch und strich über den Stützbody darunter, »was für ein wunderbares Hilfsmittel, gell? Mein kleines Geheimnis, das mich zusammenhält.«
»Ihre Optik gefällt mir«, sagte Putzi, »sehr!«
»Ein Chè mit Lockenwickler und Sprühflasche«, murmelte ich.
»Chè war nie mein Vorbild, der hatte zwar auch einen Bart, war mir aber immer zu ungepflegt, nicht nur der Bart, die ganze Erscheinung. Mein optisches Vorbild war und bleibt Jesus! Das lockige Haar und seine Gewänder, die haben mich entzündet!«
Wie zum Beweis hielt mir Uli das Kreuz hin, das ihm um den Hals baumelte. Ich wich zurück. Buddhas, goldgerahmte Mütter, Kruzifixe: Vielgötterei! »Magscht mei Kreuz ma küsse? Bringt Glück! Nie hab i mir was eing'fange, weil i es nie abg'legt hab, niemals, auch nicht beim Rumhure, und i hab ja überall rumg'hurt. Nix hab i mir g'holt, nirgendwo auf der Welt, nie hab i mir was g'holt, noch nicht mal einen Herpes. Nur im Schtuttgarter Stadtpark! Da hab i mir die Syphilis g'holt. Des is nich zu fasse, gell? Ausgerechnet in Schtuttgart.«
Uli probierte an Putzis Haaren herum, kämmte ihr einen Scheitel, strich alles nach vorne, zurück, hinter die Ohren, toupierte es leicht an. Dabei stellten sie fest, dass sie ein Jahrgang waren. 1948.
»Hundert Jahre nach der Märzrevolution geboren«, meinte Uli.
»Ein guter Jahrgang«, sagte Mary.
»Die Hoffnungsvollen.«
»Die nach dem Krieg.«
»Von dort an ging's bergauf.«
»Na ja«, meinte Putzi zweifelnd.

»Wir sind Kinder der Fünfziger!«
»Aufgewachsen zwischen Spießertum und Aufbruch.«
»Zwischen Sparbuch und Fresssucht.«
»Was diese Stimmungsschwankungen angeht«, fügte ich hinzu, »hat sich offenbar nicht viel geändert.«
»Hab i richtig verstanden, Mary«, fragte Uli, »dass Sie heute Abend jemanden beeindrucken wollen, den Sie schon lange beeindrucken wollten?«
»Seit zweiundvierzig Jahren.«
»Ist er das wert?«
Putzi nickte.
»Wie heißt denn ihr Angebeteter?«
»Gerhard.«
»Wenn i mit Ihne fertig bin, braucht's nix weiter, um Gerhard zu verführe.«
»Es ist ja nicht so, dass ich noch nie jemanden verführt hätte. Normalerweise bin ich diejenige, die Ratschläge gibt«, protestierte Putzi.
»Das stimmt«, pflichtete ich ihr bei.
»Was denke Sie? Was könnte ihm g'falle?«, fragte Uli.
»Ich glaube, ich war damals so ein Typ wie Napoleons Desirée, nur ein bisschen properer, trug zum Ball ein hellblaues Empire-Kleid mit Puffärmeln und bordeauxrotem Samtband und Gemme um den Hals. Und hauchdünne Nylons aus der Schweiz. So in der Art würde ich ihm gerne wiedererscheinen.«
»Ach, die Jugend. I war selbst wie ein Schmetterling, nein, wie eine Biene, flog mal hier-, mal dorthin, zum Bestäuben, nix hab i ausgelassen, des waren Zeiten! Wunderbar. Mein Uli hat mich nie im Stich gelassen, der war allzeit so drall, i hätt Pirouetten drauf drehe könne. I krieg heut noch Briefe aus Amerika und sonst woher, die sich für meinen Uli bedanken. Kinder, wenn i für jedes Schwänzle ein Euro g'kriegt hätt, da hätt i scho längscht ä Villa!«

Als ob die Geister diese Aussage unterstreichen wollten, erklang in diesem Moment ein sphärisches Bimmeln. Wir drehten uns um. Das Glockenspiel über der Tür schwang hin und her.

Auftritt Ingrid.

Ich hatte Ingrid kontaktiert, sobald ich wusste, dass wir Uli hier in Esslingen besuchen würden. Ingrid ist seit Jahrzehnten Ankleiderin beim Staatsballett Stuttgart und entwirft in ihrer Freizeit Roben und Festtagskleidung für die bessere Gesellschaft, die ihre wirtschaftlich zielorientiertere Schwester vertreibt. Meine Idee war, Putzi ein auf die Haut geschneidertes aufsehenerregendes Outfit zu schenken. Ingrid und ich kennen uns von einer Opernproduktion, in der ich, damals schon dreißig, das dreijährige Kind der Madame Butterfly gab. Sehr experimentell.

Ingrid brachte mehrere große blaue Ikeatüten mit, aus denen Hüte und allerlei Stoffe quollen, bestickt, glitzernd, samtig, mit Federn und Pailletten.

»Du hast mir deine Freundin ein wenig vorteilhafter beschrieben«, flüsterte sie.

»Ich sagte ›beleibt‹.«

»Nun ja, beleibt ist nicht breit wie hoch.«

»Und nun?«

»Lass mich mal machen.« Ingrid kramte in ihren Utensilien. Frau Münzenmaier servierte frisch gepressten Orangensaft. Ingrid wollte lieber Kaffee.

»Mit Rum, Cointreau, Zucker und ein wenig Sahne?«, fragte Frau Münzenmaier.

»Wie bitte?«

»Wir wollen Sie doch verwöhnen!«

»Wo bin ich denn hier gelandet«, murmelte Ingrid und bat Putzi, kurz aufzustehen, um sie zu vermessen. Dann hielt sie ihr mehrere Stoffproben an, um zu überprüfen, welche am besten mit ihrem Teint harmonierten. Uli war für Apricot mit Gold, ich und Frau Münzenmaier enthielten uns der Meinung, Putzi schwankte zwischen Nachtblau und Smaragdgrün, Ingrid entschied: schlichtes Schwarz. »Noblesse tut not.«

»Eine wahre Königin der Nacht darf sich erlaube, in alle Facetten zu schillern. Mut zu Farbe und Extravagansch«, forderte Uli. »Mary isch eindeutig ein Herbsttyp, und warme Farbe lasse sie erstrahlen. Schwarz isch ganz schlecht, des trage sie alle und erscht recht auf'm Dorf.«

»Schwarz schmeichelt der Linie«, sagte ich.

»Warum soll die Mary denn ihre Üppigkeit verstecke? Man muss mit seine Pfunde wuchern.«

»Sagt der, der ein Stützbody trägt.«

Ingrid hatte sich längst aus der Diskussion ausgeklinkt und wirbelte, raffte, heftete, klebte, säumte und schnippelte ähnlich wild wie Johnny Depp als Edward mit den Scherenhänden, wenn er die spießigen Vorgärten zu phantasievollen Kunstwerken verzaubert. »So geht das nicht«, resignierte sie, »der Stoff reicht nicht.«

»Vielleicht kann sie sich ja einen Mantel umhängen, der das Hinten verdeckt«, schlug ich vor, sah aber an Putzis Reaktion, dass sie nicht zum Spaßen aufgelegt war.

»Wir könnten das Dekolleté ein wenig mehr betonen«, meinte Ingrid, »das spart Stoff«, und hob kurz darauf den Kopf, als käme ihr eine Idee und fragte: »Stützbody? Habt ihr nicht gerade von einem Stützbody gesprochen? Wer trägt hier Stützbody?«

Ich zeigte auf Uli. Der nickte.

»Her damit! Das können wir gebrauchen.«

»Es isch noch einer im Schrank. I hab immer eine komplette Garderobe zum Wechsle da, man weiß ja nie!«

Ingrid zog ein einfaches schwarzes Unterkleid aus einer ihrer Taschen und verschwand mit Putzi und Uli im Nebenraum. Gleich darauf tauchte Ingrid noch mal auf. »Wir

brauchen ein längeres Stück Kordel. Die Schnürung reicht nicht. Eine Idee?«
Frau Münzenmaier zeigte auf die Goldlamellen mit apricotfarbenen Quasten.
»Prima.« Ingrid war erleichtert. »Kommen Sie am besten gleich mit«, bat sie Frau Münzenmaier, »wir benötigen Hilfe. Jeder zieht auf einer Seite, und ich halte vorne dagegen.«
»Soll ich nicht vielleicht auch helfen«, bot ich mich an.
»Frauensache!«
Aus dem Nebenraum hörte ich die Kommandos: »Fester!«
»Kann ich denn dann noch atmen?«
»Fester!«
»Ich komme mir vor wie Scarlett O'Hara!«
»Scarlett O'Hara?«, lachte ich von draußen.
»Sechsundvierzig Zentimeter werden wir wohl kaum schaffen«, meinte Ingrid.
»Sechsundvierzig weniger wären toll!«, rief ich zu ihnen hinüber.
»Utopisch.«
»Ich kriege keine Luft!«
»Reiß di zusamme!«, forderte Uli.
»Fester!«, befahl Ingrid. »Und ziehn!«
»Du hascht doch ä Ziel, Mary!«, rief Uli.
»Fester!«
»Und wenn ich nichts mehr reden kann?«
»Ziehn!«
Ein Knartschen der Strippen, ein Ächzen des Stoffes, ein Schnaufen von Putzi, ein Jauchzer von Uli, ein »So-geht's« von Ingrid, die Tür schwang auf, und ich war sprachlos.

»Ich tue einfach so, als wartete ich nicht auf ihn.«
Wir standen am oberen Ende der Treppe zum Ratskeller, wo die Feier bereits in vollem Gange war.
Putzi war mit Abstand die Eleganteste. Ihre Hand lag kalt in der meinen. Ihr Kleid roch neu. Nach Plaste und Elaste. In der Hektik hatte sie ihr Parfum vergessen, Royal Secret, das sie sonst immer auftrug. Ich machte sie nicht darauf aufmerksam.
»Mein Herz schlägt wie verrückt, und meine Achselhöhlen sind schon jetzt schweißnass«, flüsterte sie, »ich habe Angst.«
»Die hätte ich an Ihrer Stelle auch. Bei der Konkurrenz!« Ich konnte der Versuchung, sie zu hänseln, einfach nicht widerstehen.
»Sie veralbern mich, gell?«
»Sie machen's einem aber auch einfach.«
»Mir ist wirklich schlecht.«
»Sie hätten was essen sollen.«
»Bloß nicht, ich bin so aufgeregt, ich habe seit einer Woche Durchfall.«
Ich lächelte sie an.
»Hören Sie auf, Max, mich anzuglotzen, als wachse mir ein Pimmel aus der Stirn.«
»Marianne, bitte, wenigstens heute Abend, Sie sind …«
»Jaja …«
»Und glauben Sie mir, das hier ist ein Heimspiel.«
»Wenn Sie wüssten. Der Bodensee ist der Schauplatz meiner Niederlagen.«

Wenn Putzi nervös ist, schaltet sich ihr Mundwerk auf Autopilot. Dann erzählt sie gern die immergleichen Geschichten, von Matt Damon, vom Pilzesuchen und vom Bodensee. Auf dem Weg zur Abiturfeier waren wir an ihrem ehemaligen Zuhause vorbeigefahren. Einem alten Fachwerkhaus. Das gab es nun nicht mehr. Abgerissen. Stattdessen ein moderner Büroblock. Und dort, wo sich damals der Erker befand, war jetzt ein sauber gestutzter Rasen. »Gras ist über mich und meine Vergangenheit gewachsen. Unglaublich. Als hätten wir nicht existiert. Dachte immer, das sei nur eine Redensart, aber es ist wirklich Gras über mein Früher gewachsen.«

Hinter der Drehtür zum Ratskeller, links neben uns, hing an der Wand ein Kreuz, bunt und expressiv. Christus entblößte sein blutendes Herz und lächelte dabei.

»Befremdlich«, sagte Putzi.

»Was?«

»Hier zu sein.«

»Marianne«, sagte ich und legte meinen Arm um ihre Schulter, »wird schon schiefgehen.«

»Meinen Sie wirklich?«, fragte sie, bange Hoffnung in der Stimme. Ich nickte und drückte ihre Hand, die jetzt schweißnass war.

Die Gäste saßen unter den Kreuzbögen des Gewölbes an langen Tafeln entlang der rustikal verputzten Wand, in die große Weinfässer eingelassen waren.

»Schauen Sie«, murmelte Putzi, »die gehören einer anderen Welt an, haben alle ihren Platz. Nur ich nicht.«

»Willkommen in Runzelhausen!« Ich hoffte, sie würde über meinen Scherz lachen. Tat sie aber nicht.

Auf den Tischen stapelten sich lange Brotlaibe neben Wasserkrügen und Weinflaschen. Auf einem Podest spielte ein Alleinunterhalter mit Glatze auf seinem Keyboard Memory aus ›Cats‹: »I remember the time I knew what Happiness was …«, und jaulte dabei so grauenhaft wie die titelgeben-

den Tiere. Jetzt spielte er einen Tusch und verkündete: »Darf ich um Eure Aufmerksamkeit bitten!«
An ihm vorbei schob sich eine Frau in knallrotem Kostüm.
»Ach je, ausgerechnet die Liselotte«, raunte Putzi.
Liselotte nahm sich das Mikro. »Danke«, sagte sie, »und hallo und herzlich willkommen, ihr Lieben.« Sie machte eine Pause. Der Saal wurde still.
»Liselotte. Was sagt mir das?«, fragte ich Putzi.
»Das ist die Frau vom Gerhard.«
»Gerhard ist noch immer verheiratet?«
Putzi nickte, und Liselotte hob an: »Ihr seht ja alle noch genauso aus …«
Im Saal explodierte das Lachen aus fünf Dutzend Kehlen.
»… wir blättern in unseren Erinnerungen wie in einem Fotoalbum. Mittlerweile sind wir Eltern oder sogar Großeltern …«
»Warum haben Sie mir das nicht eher gesagt?«, fragte ich Putzi.
»Was?«
»Dass Gerhard noch immer verheiratet ist, noch dazu offensichtlich mit einer Klassenkameradin von Ihnen.«
»Das tut nichts zur Sache.«
»Damals offensichtlich schon.«
»Damals war sie schwanger. Das wird sie jetzt ja wohl nicht mehr sein.«
»… den herrlichen Wein hat unser lieber Dietmar gesponsert. Danke Dietmar!« Der Saal hallte wider von ›Danke-Dietmar‹-Rufen.

Auf den ersten Blick schienen mir alle Anwesenden gleich auszusehen, so wie wenn ich in einem fremden Land ankomme. Die Damen adrett und gepflegt, mit praktischer Kurzhaarfrisur und langen Gesichtern, von der Figur her irgendwie viereckig. Die meisten hatten ihre Handtaschen über die rechte Schulter geschlungen, und auch die sahen alle gleich aus, kompakt, zurückgenommen in der Farbe, dafür mit umso üppigeren Goldapplikationen. Sie trugen festliche Kombis aus Hose oder Rock plus tunikaartigem Oberteil für übern Hintern und Problemzonen, in Wildkatzenmuster, geblümt, mit Strass besetzt oder Ton in Ton. Die meisten Herren, aufgedunsen und stiernackig, in dunklen Anzügen mit gestreiften Krawatten, schüttere, von Schweiß angeklebte Haare, rotgeäderte Gesichter, im Auftreten entweder sehr verhalten oder besonders laut.

»Ich fühle mich wie eine Schwindlerin in diesen Klamotten. Das bin nicht ich«, beklagte sich Putzi.
»Blödsinn. Sie bewegen sich, als hätten Sie nie etwas anderes getragen.«
In diesem Fall war Lügen erlaubt, denn Putzi benötigte dringend eine Dosis Ermutigung, mehr noch, ein kleines Wunder, denn mochte das Drumherum sie tatsächlich in eine mondäne Frau verwandelt haben, kaum tat sie einen Schritt, fiel der ganze Traum in sich zusammen. Sie konnte sich einfach nicht bewegen, eierte auf den filigranen High Heels mit verspiegelten Absätzen herum, dass man es mit der Angst zu tun bekam. Dabei hatten Ingrid und ich sie gewarnt. »Lassen Sie das mit den Schuhen, das Kleid verdeckt sie ohnehin!« Aber Uli hatte sich natürlich durchsetzen müssen, war so begeistert von seiner, wie er sagte, »Schöpfung des Bodenländles«, dass er, »als I-Tüpfele« auf den Abendschuhen bestanden hatte. »Schöne Schuhe, gute Butter, Feinlederhandschuhe von Roeckl müssen's sein, sonscht kann i auf alles verzichte, hat schon meine Mutsch immer g'sagt.«
»Ich dachte, die Frisur sei das Wichtigste«, zitierte ich ihn.
»Des Yin und Yang. Des Oben und Unten. Auch Aschenbrödel war erscht komplett mit Schuhe. Da mag ihre Frisur noch so majestätisch g'wese sei.«

»Können Sie denn in so was laufen?«, fragte ich Putzi.
»Aber natürlich kann sie des. Sehe Sie ned? Mary isch ä Dame!«
Putzi schüttelte bedröppelt den Kopf.
»Dann bring i's Ihne halt bei! I werd Mary zum Leuchte bringen wie ein Weihnachtsbäumle!« Und schon ließ er Putzi vor sich auf und ab laufen und kommandierte: »Grade halte. Schulter zurück. Bruscht raus! Denke Sie sich ä Linie. Auf der Linie laufen. Ein Fuß vor de andere. Spannung halte. Ned so gewöhnlich. Auf und Ab und Auf und Ab. Spüre Sie den Rhythmus? Bitte ned über de Hacke laufe. Fußspitze zuerscht!«
Putzi tat mir leid, und ich fühlte mich schuldig, Sie diesem Irren zugeführt zu haben. Mit besten Absichten natürlich. Sie machte keine Fortschritte, sosehr sie sich auch bemühte.
Aber Uli sah das Elend gar nicht, da er inzwischen viel zu sehr damit beschäftigt war, selber den vermeintlichen Catwalk zu zelebrieren, als wäre er nicht in Esslingen, sondern à Paris.

Jetzt bot ich Putzi meinen Arm an. »Auf los geht's los«, versuchte ich, zuversichtlich zu klingen. Uli hatte getönt, ein erhabener Gang würde Putzis Selbstbewusstsein beflügeln. Nun hatten wir den Salat. Keine Flügel. Kein Selbstbewusstsein. Ein Wrack von einer Putzi mit geschwollenen Füßen. Und das schon zu Beginn des Abends. »Stützen Sie sich auf mich, holen Sie tief Luft, wir gehen jetzt gemeinsam die Treppe runter. Ihr Auftritt! Und das Lächeln nicht vergessen!«

Die High Heels klackten auf den Stufen. »Du weißt, du wirst gleich dein Leben verändern«, beschwor sich Putzi, »für immer. Du wirst nicht mehr sein wie vorher. Ab nun

wirst du dein Leben einteilen in, bevor du Gerhard wiedersahst, und in danach.«
Und ich log schon wieder: »Genauso wird es sein, Marianne!«, anstatt den Stecker zu ziehen, »abbrechen« zu schreien, »aus, vorbei, Rückzug!«

Noch drei Stufen und wir hatten es geschafft. Mir stand der Schweiß auf der Stirn. Ich stellte fest, dass uns alle beobachteten. Offen oder verstohlen. Eine Arena der neugierigen Blicke. Dazwischen gingen die Kellner geschäftig ihrer Arbeit nach.
»Mit jedem Gesicht werden Erinnerungen wach«, flüsterte Putzi.
»Erkennen Sie die denn alle?«
»Die meisten. Das da drüben ist zum Beispiel der Klöten-Kurt. Sein Gesicht hätte ich nicht erkannt. Aber wie der dasteht, das ist eindeutig der Kurt. Schon lustig, gell? Wie wir uns verändern und doch die Gleichen bleiben.«

Wir steuerten auf die Bar zu. Ich beschloss, dass dieser Abend einer der seltenen Anlässe werden würde, bei denen ich mich betrinke. »Bier oder Wein?«, fragte ich Putzi.
»Ja.«
»Was von beidem?«
»Bier«, sie überlegte, »ach nein, lieber Wein, oder doch Bier? Ich denke, Wein kommt eleganter und passt zum Kleid, gell?«
»Sicher.« Ich reichte ihr eines der Gläser. Über der Bar hing das Schild. ›Der Wein ist von eurem Dietmar. Kellerei Mopper und Söhne. Auf die nächsten vierzig Jahre. Prost.‹

»Marianne. Du hier?«
Vor uns stand Liselotte. Ausgerechnet.
»Eine schöne Rede war das!«, sagte Putzi.

Ich bewunderte die Ruhe in ihrer Stimme, ihre Selbstbeherrschung.
Küsschen links, Küsschen rechts. Aus der Nähe betrachtet fand ich Liselotte gar nicht unsympathisch. Ein bisschen bieder vielleicht, Typ freundliche Wurstverkäuferin, blonde Locken, von der hätte ich mir gerne die Salami aufschneiden lassen. Ich überlegte kurz, ob Liselotte sich hatte liften lassen. Die Wangen waren drall und rosig wie die einer Zwanzigjährigen. Dafür war ihr Hals zerknittert und die Hände gesprenkelt wie ein Rebhuhn. Die Ehefrau von Putzis Märchenprinzen hatte ich mir jedoch insgesamt fieser vorgestellt, eher so wie Glenn Close in ›Fatal Attraction‹.
»Danke«, antwortete Liselotte nun gnädig wie eine Königin zu ihrer Hofdame, und dann überrascht, »ich wusste gar nicht, dass du auch kommst.«
»Spontane Entscheidung. Wir waren gerade in der Gegend.«
»Wir?«
»Ach ja, wie unhöflich …« Putzi nahm mich am Arm. »Das ist …«
»Max. Freut mich, Sie kennenzulernen«, stellte ich mich vor. »Und Sie sind …?«
»Der Freund.«
»Der Freund?«
Ich nickte.
Liselotte musterte mich wortlos von Kopf bis Fuß.
»Der Freund?«, flüsterte Putzi, als Liselotte zum nächsten Grüppchen geeilt war. »Wann ist Ihnen denn das eingefallen?«
»Gut, nicht?«
»Aber was soll denn der Gerhard dazu sagen?«
»Das wird ihn anturnen, glauben Sie mir. Einen Jüngeren auszustechen ist immer sexy.«
Putzi lächelte unsicher. Sie hatte soeben das zweite Glas Wein hinabgestürzt.

»Haben Sie Gerhard schon entdecken können?«, fragte ich.
»Leider nein.«
»Wollen wir uns setzen?«
»Eine gute Idee!«

Putzi hakte sich wieder bei mir unter, und wir peilten die nächsten freien Plätze an. Da wurde sie plötzlich festgehalten.
Ein zierliches Persönchen, schmale Bibliothekarinnenbrille, das Haar zum Chignon gesteckt, blinzelte Putzi mit trügerisch offener Freundlichkeit an und zwitscherte: »Du hier?«
»Wie man sieht.«
»Das freut mich wirklich sehr, dich zu sehen, Marianne, eine feine Idee, dass alle kommen, auch die, die auf der Strecke geblieben sind«, sagte sie mit einer harten, metallischen Stimme. »Ich meine, auch die, die zum Schluss nicht mehr dabei waren, also die, die kein Abi gemacht haben, du weißt schon, was ich meine, nicht?«
Putzi nickte.
»Und überhaupt, was bedeutet schon so ein Abschlusszeugnis, nur Papier, nicht?« Sie lachte meckernd. Wie schon bei Liselotte bewunderte ich auch jetzt Putzis scheinbare Unaufgeregtheit, ihre Souveränität. Sie wendete sich an mich und stellte vor: »Das ist Bärbel!«
»Freut mich sehr, eine Lehrkraft von Marianne kennenzulernen«, mischte ich mich ein, »was haben Sie denn damals unterricht?«
Bärbel riss die Augen auf. »Äh, was meinen Sie?«
»Na, welches Unterrichtsfach? Lassen Sie mich raten … Handarbeiten?«
»Nein, Max«, sagte Putzi, die sich ein Grinsen nicht verkneifen konnte, »Bärbel war eine Klassenkameradin, nicht die Lehrerin.«

»Oh, entschuldigen Sie bitte. Wie peinlich. Da dachte ich doch wirklich …«

»Bärbel war die Schnellste über zweihundert Freistil.«

»Die Zweitschnellste, um genau zu sein«, verbesserte Bärbel, »so ein gedoptes Tier aus dem Osten war schneller – die Johanna, erinnerst du dich? Die hatten '64 rübergemacht. Und vorher war die drüben im Kader. Hatte Arme wie ich Beine. Das kann doch nicht mit rechten Dingen zugegangen sein. Die ist bereits vor neun Jahren gestorben. Schlaganfall. Na, wen wundert's. Die Zweite aus unserem Kreis. Wobei die Johanna ja nie wirklich dazugehörte. Der Erste, den's erwischt hat, war Achim. Autounfall. Hast du gehört von, oder?«

Putzi schüttelte den Kopf.

»Und in den letzten Jahren ging's dann munter weiter. Wie ne Epidemie. Plötzlich dünnen sich die Reihen aus. Der Felix war der Nächste, Lungenentzündung, sagt man, der hat ja mit nem Mann zusammengelebt. Ob das eine Lungenentzündung war? Na, ich weiß nicht! Und der Edi hatte lediglich über eine Blasenentzündung geklagt. Hab ihn noch beim Tengelmann getroffen. Und eine Woche später, peng, war er auch hinüber. Ein Jammer.«

Dabei fuchtelte sie mit einem Stapel Blätter in der Hand.

»Dürfte ich dich bitten, das hier auszufüllen?«

»Was soll das sein?«, fragte Putzi.

»Ein Bogen mit Fragen zur Person, die du heute bist. Für unsere Facebook-Jahrgangs-Seite. Wir sind ehrliche Leute hier im Ländle. Immer geblieben. Nicht wie in der großen Stadt. Wir lieben die Wahrheit. Also nicht flunkern!«

»Welche Wahrheit?«, schaltete ich mich ein.

Bärbel überging mich: »Beruf, Kinder, Hobbys, Katze oder Hund, Haus oder Appartement …«

»… verheiratet oder geschieden, sexuell noch aktiv oder nicht, Jahreseinkommen über oder unter sechzigtau-

send …«, setzte ich die Reihe fort. »Aber entschuldigen Sie vielmals, ich habe Sie unterbrochen.«
»Ach, das spielt keine Rolle, das tut mein Mann pausenlos«, lachte Bärbel gekünstelt.
»Sie Scherzbold, Sie«, gab ich zurück.
Und Bärbel, völlig überdreht: »Nein, haha, der Scherzbold sind ja wohl Sie, hahaha. Wer ist das?«, fragte sie Putzi.
»Mein Freund.«
Als hätte man den Stecker gezogen, hörte das Lachen augenblicklich auf.
»Ist sie nicht überwältigend?«, fragte ich Bärbel und herzte Putzi. »Ich dachte, mein Leben sei leer, aber dann setzte sich Marianne vor zwei Jahren beim Urlaub auf Malle an meinen Tisch und bestellte Provenzalische Gemüsepfanne, und ich war hin und weg, wie sie die gegrillten Auberginen in die Hände nahm, statt sie mit der Gabel aufzupicken, und ihr das Öl von den Lippen …«
Bärbel erstarrte: »Provenzalische Gemüsepfanne?«
»Apropos, wir sollten was essen, meinen Sie nicht, Max?«, sagte Marianne.
»Sie siezen sich?«, fragte Bärbel.
»Nur wenn das Licht an ist.«

Putzi musste aufs Klo. Ich begleitete sie bis zum Zigarettenautomaten. »Sie warten hier auf mich?«
»Sicher!«
Ich blickte Richtung Saal. Mein Gott, wie deprimierend. Schon jetzt hatte ich genug von all den faltigen, schlaff hängenden Hälsen, den runzligen Falten, den eingefallenen Wangen, all der Verbitterung und der aufgesetzten Heiterkeit.
Dann sah ich ihn. Ich wusste sofort, dass er es war, und empfand augenblicklich Abneigung. Ein hochgewachsener Mann in einem legeren Anzug, der sein gutes Ausse-

hen noch nicht ganz verloren hatte. Seine Haltung war stolz und aufrecht. Wie die eines Häuptlings in einem Karl-May-Film. Keine Spur von einem Bauch. Er hatte noch immer einen dichten rotblonden Haarschopf, feine, beinahe sanfte Züge, makellose Haut, aber ein kantiges Gesicht samt grobschlächtiger Boxernase. Mit einem steifbeinigen Gang kam er direkt auf mich zu. Ich gab ihm die Hand, die er mit übertriebener Energie packte. Er und ich mit durchgestrecktem Rücken, schüttelten wir die Hände so heftig, als ginge es um irgendeinen Wettbewerb. Er warf den Kopf in den Nacken und zeigte ein breites Lächeln. Weiße Zähne, bestimmt gebleached. Trübe Augen. »Ich bin Gerhard.« Mundgeruch. Eine volle Stimme, wie die eines Nachrichtensprechers, wenn da nicht der badische Akzent gewesen wäre. Ich biss die Zähne zusammen und bemühte mich, kein Missfallen zu zeigen.

»Freut mich«, erwiderte ich, »ich weiß, wer Sie sind.«

Gerhard machte eine hilflose Geste, wie ein Schauspielschüler beim Vorsprechen, dem grad nichts Galantes einfallen will. »Hat Ihnen Marianne von mir erzählt?«, fragte er.

»Ja.« Ich war sicher, dass Gerhard uns gemeinsam hatte kommen sehen, und überlegte, ob er den Zeitpunkt ihres kurzen Verschwindens extra ausgewählt hatte, um mir allein auf den Zahn zu fühlen. Mit Sicherheit hatte ihm Liselotte schon von Putzis jugendlichem, na ja, ich will mir nicht allzu sehr schmeicheln, von ihrem jüngeren Freund berichtet.

»Kennen Sie sich schon lange?«, fragte er mich.

»Ja.«

»Sie tragen keinen Ring. Demnach sind Sie nicht verheiratet?«

»Wilde Ehe, Sie verstehen?«

»Wieso sollte ich?« Er lächelte, aber ohne Wärme. Nur sein Gesicht verzog sich, die Augen blieben unbeteiligt. Ich hielt dem Blick stand, sagte aber nichts, obwohl ich versucht war zu fragen, ob das ein Problem für ihn sei und er irgendwelche Ansprüche auf Putzi verspüre.

Der Alleinunterhalter sang ›It's raining men‹ von den Weather Girls. Gerhard rieb sich die knollige Nase. Es war offenkundig, dass er nicht wusste, was er sagen sollte.

»Ziemlich mies der DJ«, versuchte ich es.

»Ein Freund von mir.«

»Tut mir leid.«

»Guter Freund, mieser Sänger. War Fuhrunternehmer, hat den Laden vom Vater übernommen. Kein Händchen fürs Geschäft. Die Scheidung hat ihm den Rest gegeben.«

Und plötzlich war alles gesagt und wir schwiegen.

»Ihr habt euch schon miteinander bekannt gemacht?« Putzi war zurück vom Klo. Ihr Blick wurde sofort begehrlich, und ihre Aufregung begann geradezu hörbar zu pochen. Gerhard gab ihr weder die Hand, noch umarmte er sie, sondern machte nur eine eckige, linkische Verbeugung. Knapp, beinahe militärisch. Putzi nahm das in ihrem Überschwang gar nicht wahr und zog ihn an sich. Ihr aufgeregter Mund touchierte erst seine linke, dann die rechte, dann noch einmal die linke Wange. »Wir sind hier so nahe an der Schweiz, da darf ich dreimal küssen, gell?«, lachte sie und vergrub sich in seiner Halsbeuge. »Du bist mir so vertraut, Gerhard«, schnurrte sie, »als erinnerten sich unsere Körper aneinander!« Sie bebte. Auf ihren Wangen zeigten sich rote Flecken. In meine Freude über ihre Freude mischte sich Unbehagen. »Mensch, Gerhard«, jubelte sie, »mein Kommen war natürlich nicht selbstlos. Das kannst du dir ja denken, gell?!« Sie knuffte ihn in die Seite.

Oh Gott, Putzi, sag jetzt bitte nichts Falsches. Putzi kann so arglos sein. Ein wunderbarer Zug, an sich, aber in bestimmten Situationen tödlich. Dann redet sie zu viel und

denkt zu wenig. Das ganze Tamtam im Vorfeld, nun das Ziel vor Augen, jetzt galt es doch, mit Bedacht zu handeln, mit Taktik und den Waffen einer Dame. Aber zu spät!
»Du bist der Knaller, Gerhard. Ich bin nur deinetwegen hier!«
Gerhard wischte sich den Schweiß von der Stirn.
»Ich bin so froh, Gerhard, ich kann dir gar nicht sagen, wie froh ich bin. So froh. Ich wollte nur, dass du das weißt!«
Gerhard stand mit halboffenem Mund und völlig überfordert vor ihr. Bestimmt hatte er Fluchtgedanken.
»Ich habe dir so viele Briefe geschrieben«, sagte sie.
»Hab gar nie welche erhalten.«
»Die meisten nur in Gedanken.«
»Ach so. Ich hole dann mal was zum Trinken«, drehte sich um und weg war er.
»Gefällt er dir«, fragte mich Putzi, um dann, ohne eine Antwort abzuwarten, zu rufen: »Gerhard! Warte, ich komme mit!«
Mit ausgebreiteten Händen und abstehenden Ellbogen trippelte sie durch den Raum, bewegte sich dabei auf ihren High Heels seltsam ruckartig, um Gerhards langen Schritten nachzukommen.
Ich beobachtete die beiden. Putzi hatte inzwischen ein Glas Wein erhalten, das sie – den kleinen Finger abgespreizt – vornehm zu halten versuchte. Gerhard betrachtete sie mit ausdruckslosem Gesicht.

Langsam hatte ich Hunger, also setzte ich mich neben einen kleinen stämmigen Herrn, Typ Platzwart, 3. Liga, mit hoher breiter Stirn und speckigem Gesicht, das von einem energischen Kiefer dominiert wurde. »Das ist unsere Politprominenz«, wurde er mir vorgestellt. Sein Händedruck war beharrlich. »Ich bin der Udo.« Ein kehliger Bass, so tragend, dass er das Stimmengewirr im Saal durchdrang.

Ich roch den Tabakgeruch, den seine Kleidung verströmte.
»Pfeife oder Zigarre?«, fragte ich.
»Pfeife«, sagte Udo und lachte, als hätte ich einen Witz gemacht. Er klopfte mir auf die Schulter, »Mit Zigarren habe ich abgeschlossen.« Aus seiner Stimme sprach Stolz. Ich hätte wetten können, Udo wäre bei der CDU, aber wie sich herausstellte, war er Gründungsmitglied der örtlichen Linken.
»Haben die sich hier auch schon eingenistet?«, entfuhr es mir.
Die Antwort kam knapp und ohne ein Lächeln: »Ja.« Er widmete sich seinem Gegenüber, einem korrekt gekleideten Mann in dreiteiligem Anzug mit vornehmer Krawatte, offenbar der Ehemann einer Klassenkameradin, hier also auch fremd. Und so erzählte ihm Udo sein Leben: Schreinerlehre, Meisterprüfung, Heirat, 1. Kind, 2. Kind, 3. Kind, Bandscheibenvorfall, Insolvenz, OP, neues Leben, Parteieintritt, Berlin-Marathon, Prostatakrebs, New-York-Marathon …
Ich widmete mich meiner Vorspeise, kross gerösteter Blutwurst (kein Vergleich zu meiner Lieblingsblutwurst aus Neukölln) an Salaten der Saison mit karamellisierten Trauben, und schaute mir die Frauen und Männer entlang der Tafel genauer an. So wie sie jetzt vor mir saßen, die Hinzens und Kunzens, die sich mit steigendem Alkoholpegel in ihrem klischeehaften Tun gegenseitig überboten, konnte ich sie mit Putzi gar nicht in Verbindung bringen. Ich überlegte, welcher von ihnen früher mit ihr vertraut gewesen sein mochte, wen sie womöglich geküsst hatte oder wen sie nicht ausstehen konnte.
Meine Tischnachbarin rechts von mir, »Hannelore, Sie dürfen mich Hanni nennen«, stupsnasiges Gesicht, Bürstenschnitt, Pekinesenaugen, die gewaltige Bissen der Blutwurst in sich hineinstopfte, flüsterte zwischen den Hap-

pen: »Oller Schwätzer, der Udo. Wenn ich jemals so werde wie der, dann bringe ich mich um.« Dazu kaute sie mit rhythmisch mahlendem Kiefer und prallen Backen. Wie ein Hamster. Das letzte Stück Blutwurst kaute sie einundzwanzig Mal, ich hatte mitgezählt. »Ein Idiot war der Udo schon immer. Ein furchtbarer Angeber. Schon in der ersten Klasse. Und später erst recht. Noch keine Haare am Sack, aber im Puff vordrängeln, so ein Typ ist das. Klüngelt rum, wo er nur kann. Ekelhaft.« Sie sprach schnell, obwohl sie nicht vom Essen abließ. Jetzt nahm sie sich von dem Baguette und bestrich es mit Schmalz, das in kleinen Töpfchen über den Tisch verteilt stand. Mit Blick auf den korrekt Gekleideten gegenüber von Udo sagte sie: »Mein Gott, mit was für Partnern die hier auflaufen.« Sie schob das Baguette von einer Backe in die andere, »lecker!«, und strahlte mich an. »Während der Schulzeit überlegst du nichts anderes, als mit welchem der Jungs du verheiratet sein möchtest. Dann nimmst du den Erstbesten, der dich anlächelt, und überlegst den Rest deines Lebens, warum.«
»Welchen haben Sie denn genommen?«
»Auf der Schule habe ich keinen ausgelassen. Wahrscheinlich bin ich deswegen zeit meines Lebens solo geblieben.« Sie nahm die Serviette zur Hand. »In meinem Alter ist der soziale Druck, der als Single auf einem lastet, endlich weg. Deshalb genieße ich das Alleinsein umso mehr. Aber schauen Sie sich um. Bis auf mich, Felix, Gott hab ihn selig, und Marianne sind alle unsere Kollegen in den Hafen der Ehe eingelaufen.«
»Kannten Sie Marianne gut?«, fragte ich.
»Wir mochten uns leiden, waren aber nicht sonderlich miteinander befreundet. Marianne war ein feiner Mensch, bis sie mit dem Gerhard zusammenkam. Dann war sie, wie soll ich sagen, ver-gerhartet.« Sie winkte einem vierschrötigen Mann, der sich uns verhalten näherte. »Das ist Mar-

tin. Das Schicksal hat ihm übel mitgespielt. Jetzt hält ihn nur noch das Trinken zusammen.«

Das Unglück war dem Martin ins kantige Gesicht geschrieben, sein zaghaftes Lächeln strahlte dennoch Wärme aus. Er beugte sich runter, umarmte Hannelore und begrüßte mich mit festem Händedruck.

»Dass man dich auch mal wieder sieht«, freute sich Hannelore, »wie schön.«

»Ich bin raus nach Nenzingen gezogen.«

»Ach du Schande, Martin, gibt es dort überhaupt Menschen? Komm, nimm dir einen Stuhl und setz dich.«

Martin lachte leise und zog weiter, sein Platz sei »am Ende der Tafel«.

»Immer am Ende der Tafel«, wiederholte Udo, als Martin außer Hörweite war. Seine Stimme schwoll einschüchternd an. »Der Martin hat sich sein Schicksal selbst zuzuschreiben«, es war der Ton eines Lehrers, der seinen Schüler rundmacht, »der Martin hat's vermasselt. Immer wieder.«

»Du kleiner, kleiner Mann«, bellte Hannelore zurück, »du Politzwerg.« Dazu zeigte sie ihm ihren kleinen Finger und lachte höhnisch.

Der Alleinunterhalter sang ›Theater Theater‹ von Katja Ebstein, und ich summte die Zeilen mit.

Udo zog die Augenbrauen hoch und fixierte mich mit eisiger Miene, als schuldete nicht Hannelore, sondern ich ihm eine Erklärung. Aber dann erreichte ihre Geste sein Bewusstsein – ich staunte über die Verzögerung: »Klein?«, fragte er. »Was soll das heißen: klein?«

Hannelore amüsierte sich prächtig darüber, wie tief sie Udo mit einem an sich unschuldigen Wort hatte kränken können, und winkte mit ihrem kleinen Finger weiter in seine Richtung. Dann ließ sie ihn über den Tisch zu ihrem anderen kleinen Finger hüpfen, als wären es zwei Finger-

puppen in einem Kasperletheater, die sich gegenseitig begrüßten: »Hallo, du Wicht«, ließ Hannelore den einen kleinen Finger zu dem anderen sprechen, »du bist ja auch so ein bedauernswertes Würstchen wie ich«, und dann der andere mit fachmännischer Trockenheit, »ich bin nur klitzeklein, aber du bist auch noch dürr wie ein Wienerle.« Udos Nüstern blähten sich vor innerem Druck, dass man tief in seine Nasenlöcher hineinblicken konnte. Gleich platzt er, dachte ich – nein, hoffte ich. Aber noch beherrschte sich Udo. Leider. Der Abend wurde immer unterhaltsamer.
Hannelore vollführte mittlerweile ein regelrechtes Fingerballett, Udos Oberschenkel wippte immer unruhiger gegen die Tischplatte, aber da kam schon Ablenkung in Person von »Gottfried!«: massig, glatzköpfig, ausdruckslos. »Udo, ein Bier?«, fragte er, setzte sich schwerfällig und wischte sich das Gesicht mit dem Hemdsärmel ab, »besser als die Traubenplörre vom Dietmar!«
Sie lachten mit schmieriger Selbstgefälligkeit.

»Wer ist das?« Ich deutete auf die Dame mir gegenüber, die etwas Naives und Gütiges ausstrahlte. Unbewegt und kerzengerade saß sie da, hatte ein sanftes, ebenmäßiges Gesicht, trug aber ein trutschiges Kostüm, das so gar nicht zu ihr passen wollte. In kleinen Schlucken trank sie ihr Bier.
»Das ist die Frau vom Udo«, klärte mich Hannelore auf.
Komisch, sie mochte in ihrem angenehmen Auftreten so gar nicht zu ihrem Mann passen.
»Es heißt, sie betrügt ihn mit dem Prokuristen«, flüsterte Hannelore. »Entschuldigen Sie, ich sehe grad, Sie essen gar nicht die Blutwurst, die ist doch das Beste an dem Salat.«
»Wollen Sie?«
»Gerne.« Hannelore pikste die Wurst mit ihrer Gabel von meinem Teller und drapierte sie auf ein Stück Baguette.

Ein Pärchen, sie klein und gedrungen, er groß und hager, wie Pat und Patachon, begrüßte Hannelore: »Hanni, dein Tipp mit dem Italiener war phantastisch. Wir hatten ein Risotto, zum Niederknien. Es ist ja sooo schwierig, ein gutes Risotto zu bekommen. Die einfachen Dinge sind immer die schwersten. Das hat uns sooo gutgetan …«

Udo schwadronierte derweil links von mir mit erhobenem Zeigefinger. »In meinem Beruf gibt es keine Dankbarkeit. Das ist wie in der Ehe. Keine Dankbarkeit.« Er lachte und schlug sich auf die Schenkel, als hätte er einen Mördergag gelandet. Seine Frau blickte ihn mit einer seltsamen Zerstreutheit an. Der Kellner, der ihren unberührten Teller abräumte, erkundigte sich, ob sie vielleicht etwas anderes wünsche.

»Nein danke«, antwortete Udo für seine Frau, »ihr geht es einfach nicht so gut.«

»Das tut mir leid«, sagte der Kellner.

»Muss es nicht. Ist ja nicht Ihre Frau.« Diesmal schlug Udo vor Lachen mit der Hand auf den Tisch. Das Besteck klirrte. Die Mundwinkel seiner Gattin zuckten, ein Hauch von einem Lächeln, ich nahm an, um ihm zu gefallen.

Ich wandte mich wieder Hannelore und Pat und Patachon zu.

»Wir sind ja jetzt große Fans von Nordic Walking«, sagte Pat.

»Das mit den Skistöcken?«, fragte Hannelore.

»Ja. Das macht sooo Spaß. Solltest du auch mal versuchen. Wir geben dir eine Unterrichtsstunde. Du brauchst nur Hose und Shirt, Thermo und atmungsaktiv natürlich, und die richtigen Schuhe. Gore Tex. Vorher sind wir ja immer mit unserem Schlappi rausgegangen, aber der wurde überfahren …«

»Fahrerflucht«, unterbrach Patachon.
»Willst du die Geschichte erzählen oder darf ich?«
»Entschuldige.«
»Ich habe ja das ganze Leben damit zugebracht, irgendeine Scheiße wegzuräumen. Erst die der Kinder, dann die ihrer Haustiere, wir hatten Katzen, Wellensittiche und Dynastien von Meerschweinchen, dann die meiner Eltern, Gott hab sie selig, die Guten, und natürlich die von unserm Schlappi, die treue Seele, kannst dir ja vorstellen, Unmengen von Scheiße, mein Leben lang. Jetzt mache ich was für mich, keine Scheiße mehr, nehme mir meine zwei Stöcke und mache endlich mal was für mich …«

Links nahm Udo einen großen Schluck von seinem Bier und sagte: »Ich arbeite jetzt in Weinburg.«
»Ist das nicht fad dort?«, fragte der Korrekte ihm gegenüber.
»Nein, ganz und gar nicht, ein Idyll, die Büroräume sind wunderbar. Nichts lenkt mich ab. Weder übermäßige Schönheit noch übermäßige Hässlichkeit.«
Ich überlegte, ob er so auch seine Frau ausgewählt hatte.
Der Kellner kündigte den nächsten Gang an – geschmorte Kalbsbrust mit Kartoffelspalten und Kaisergemüse – und stellte das Gericht vor Udos Frau. Der Teller dampfte. Udo schien angewidert. Er sah, dass ich seinem Blick folgte, zuckte mit den Schultern und erklärte: »Zu viel Fleisch macht mich schwer. Deshalb sind wir Vegetarier.« Er tätschelte den Handrücken seiner Gattin. »Allerdings hat mich meine Frau hintergangen. Ich habe sie beobachten lassen. Was macht man nicht aus Eifersucht. Aber nicht mit einem anderen Mann habe ich sie erwischt, nein, sondern mit Tafelspitz und Rouladen vom Fleischer Brüderle.« Er beugte sich vor und kniff ihr in die Wange. »Jeden Dienstag und Donnerstag. Tagesgericht. Aus eigener

Schlachtung.« Er hob sein Messer und senkte es auf die Kalbsbrust seiner Frau, um sich ein Stück abzuschneiden. Warum er das tat, verstand ich nicht. Er war doch Vegetarier. Vielleicht, um das Fleisch seiner Alten in den Rachen zu schieben. Dabei machte Udo eine ungeschickte Bewegung und stieß mein Glas um, das auf den Boden fiel und zerbrach. Seine Frau sprang auf, um die Scherben aufzusammeln.
»Lass das!«, herrschte er sie an.
»Scherben bringen Glück«, sagte ich.
Udo zuckte zusammen. Sein Gesicht verfärbte sich dunkelrot, und seine Augen traten hervor. »Hören Sie auf, sich einzumischen!«
Ich musste lachen – ich konnte nicht anders –, Hannelore auch. »Mensch Udo, mach hier nicht den Larry.«
Pat zuppelte nervös an ihrer Handtasche. Für alle am Tisch gut vernehmbar erzählte sie etwas von irgendeinem Fritz: »Der Fritz hat ja eine totale Persönlichkeitsveränderung vollzogen«, und lachte penetrant, um ihren Worten Nachdruck zu verleihen und so Hannelore und mir die Möglichkeit zu eröffnen, mit in ihre Fritz-Geschichte einzusteigen und so zu tun, als lachten wir über Fritz und nicht über Udo. Sehr aufmerksam, fand ich, diplomatisch, aber für'n Arsch. Denn Hannelore zückte schon wieder ihren kleinen Finger, während Pat unverändert von Fritz und seiner Persönlichkeitsveränderung schwadronierte. »Erst die junge Frau, diese Nagelstylistin …«
»Bürokauffrau«, unterbrach Patachon.
»Was auch immer«, sie blickte auf den Teller von Udos Frau. »Das sieht sooo vorzüglich aus. Was ist das?«
»Kalbsbrust mit Kartoffelspalten und Prinzessinnengemüse«, zischte Udo, und Pat kapitulierte. »Wir müssen zurück zu unseren Plätzen. Bis später, meine Lieben!«

Udos Frau nahm das Fleisch in beide Hände und biss ein großes Stück davon ab. Es knirschte zwischen ihren Zähen. Die Sauce lief ihr übers Kinn und tropfte auf ihr trutschiges Kostüm.

Ich stand auf. Bloß weg. Rauchverbot gab's keins. Gott sei Dank. An der Bar schnorrte ich mir eine Zigarette von einem der Kellner und blickte mich um. Der Alleinunterhalter sang ›Barcelona‹ von Freddie Mercury und Montserrat Caballé. Eine merkwürdige Interpretation. Ging dabei voll aus sich raus. »Viva-a-a!« Es hob ihn aus seinem Sitz. Er stand breitbeinig da, malträtierte die Tasten seines Synthesizers. »I had this perfect dream. This dream was me and you …« Drei Pärchen zogen verloren ihre Kreise und versuchten, den Rhythmus zu finden. Jetzt warf der Alleinunterhalter seinen kahlen Kopf zurück und schrie statt Barcelona Radolfzell ins Mikro: »Ra-do-lfzell – it was the first time that we met. Ra-do-lfzell, how can i forget.«
Liselotte stand nicht weit von mir und beobachtete so wie ich ihren Mann und Putzi, die sich noch immer im Gespräch befanden. Wobei Gespräch nicht ganz richtig ist, denn nur Putzi gestikulierte und erzählte und erzählte und erzählte.

In einem Hollywood-Film würde Putzi jetzt den Alleinunterhalter beiseitedrängen und selbst das Podest erklimmen. Alle Scheinwerfer würden sich auf sie richten, wenn sie verkündet: »Ich bin eine Putzi.« Pause. Beifall. Jubel. Eine Klassenkameradin nach der anderen würde auf den Tisch klettern, mit dem Fuß aufstampfen und verkünden: »Ich auch. Ich bin auch eine Putzi!«
In einem deutschen Autoren-Film würde Putzi mit gelackten Schuhen über Kies laufen und den Industriellen er-

schießen. In einem französischen ans Meer fahren. In einem Bollywood-Film in bunten Kleidern durch die Straßen tanzen. In einem Martial-Arts-Film durch die Lüfte fliegen, um dem Bösen statt mit Staubwedeln mit Langsäbeln zu begegnen. Diese Vorstellung gefiel mir am besten. Eine fliegende Putzi.

Die Schönheit tauchte hinter dem Vorhang zur Küche auf. Lasziv lehnte sie sich gegen die Bar. Schulterlange schwarze Mähne, die schimmerte. Provozierend auf Unschuld getrimmt, kleinmädchenmäßig, ein Knie grade durchgestreckt, das andere darangezogen. Die Augen dick mit Kajal umrandet und scheu niedergeschlagen. Babyschnute. Sehr energiegeladen, vielleicht ein wenig zu posig, wie ein Celebrity, aber, Gott – was für ein Anblick! Ihr kleines Schwarzes, das ihr ausdrucksstarkes Dekolleté betonte, erinnerte mich an jemanden. Nur wen? Ich kam nicht drauf. Sie hatte etwas Italienisches. Nicht nur das Äußere, auch die Gestik. Der Herr an ihrer Seite ebenso. Er musste ihr Vater sein. Die beiden unterhielten sich jetzt mit Putzi und Gerhard. Putzi schien den älteren Herrn gut zu kennen. Sie umarmten sich. Dann drehte sich das Grüppchen um und schaute zu mir. Offenbar hatte Putzi von mir gesprochen. Ihr Gesicht nahm einen listigen Ausdruck an. Ich versuchte, nicht weiter hinüberzugucken. Aber die Schönheit hatte meine Neugier geweckt und, ich gebe zu, auch mein Verlangen. So leicht bin ich zu begeistern, aber zwischen all den Beinaherentnern auch nicht weiter schwer. Sie nickte mir zu und ich zurück, dann kam sie näher, direkt auf mich zu. Geschmeidig wie eine Katze, dachte ich, eine Katze vor dem Sprung. Mein Adrenalin brodelte. Scheiße, ich wurde rot und war vor Befangenheit wie gelähmt, wehrlos, stumm, ergeben. Wenn sie mir in die Augen blickt, wird sie bemerken, was ich für ein Trottel bin, schoss es mir durch den Kopf.
Mit einem mädchenhaften Lächeln, das ihre weißen Zähne enthüllte, sagte sie: »Ich würde mir einen Rausch antrinken, wenn ich Sie wäre.«

Sie sprach sehr leise. Ich musste mich vorbeugen, um sie zu verstehen.
»Muss nüchtern bleiben«, antwortete ich. Meine Stimme zitterte.
»Wieso?«, fragte sie und verstärkte ihr Lächeln.
Was sollte ich darauf antworten? In Anbetracht ihrer Attraktivität wäre ich gerne originell gewesen. Aber meine Schüchternheit lähmte mich. Im Grunde hätte ich nur bei der Wahrheit bleiben müssen: Habe mit meiner Putzfrau die Romantische Straße bereist, um hier und jetzt ein Hirngespinst von früher klarzumachen. Schwierig.
»Sie scheinen nicht besonders gesprächig zu sein«, sagte sie, »dafür sind Sie vielleicht ein guter Tänzer?«
Meine Stimme streikte, ließ mich im Stich. Ich schüttelte entschuldigend den Kopf und wusste nicht, wohin mit meinen Händen. Ich zog einen Stift aus der Sakkotasche und hielt ihn in der Hand. Wie dämlich!
»Sie reden nicht, Sie tanzen nicht. Sie sind kompliziert.« Sie warf den Kopf zurück und blickte mich unverwandt an. Ich steckte den Stift zurück in die Tasche. Sie hatte eine starke sexuelle Ausstrahlung, die eher bedrohlich als charmant wirkte. Das verwirrte mich. Sie trat näher an mich ran und nahm meine beiden Hände in die ihren. Das Herz rutschte mir in die Hose und schlug dort ganz heftig. »Ich schaue gerne zu.« Diese Stimme hatte aus mir gesprochen. Es schien nicht ganz die meine zu sein. Ich spürte, wie mein Kopf immer heißer wurde. Ich hatte angenommen, mit zunehmendem Alter ließe das Problem mit dem Erröten nach, aber es verhält sich ähnlich wie mit dem Lampenfieber auf der Bühne, das an Heftigkeit zunimmt, je älter man wird.
»Ein Voyeur?«, fragte sie.
Ich versuchte, eine Kunstpause einzulegen – an sich bin ich ein Meister der Pausen – und ein Lächeln aufzusetzen. Beides gelang nicht. Stattdessen ein Räuspern und Flucht

nach vorn: »So wie Sie das sagen, bin ich das gerne.« Gute Antwort. Ich war wieder im Spiel, hatte meine Souveränität zurück. So gefiel ich mir. Brachte sogar ein Lächeln zustande. Ein einnehmendes, wie ich fand, mit Zähnen. Ging doch. Hey, schließlich war ich unter den Grufties hier konkurrenzlos.

Ihr Name sei Laura.

»Laura?«, fragte ich.

»Si«, sagte sie, »Laura.«

»Laura. Wie schön.«

Sie stamme aus Rom. Eine Locke fiel ihr vors Auge. Ich wollte sie zurückstreichen, aber sie hielt meine Hände immer noch fest. Ich erinnere nicht, welcher Ablauf der Ereignisse schließlich zum Kuss führte. Aber ich weiß genau, was dazu führte, dass wir von weiteren Vertraulichkeiten Abstand nahmen. Nach dem Kuss hatte sie eine so euphorische Miene aufgesetzt, die sich mir, auch wenn ich gar nicht tiefstapeln möchte, durch mein Zutun allein nicht wirklich erklären wollte.

Sie sah mich direkt an. »Worauf haben Sie jetzt Lust?«

Ich zuckte die Schultern und schob die Hände in die Hosentaschen.

Sie sagte: »Ich will mit Ihnen schlafen.«

»Warum?« Hatte ich gerade ›warum‹ gefragt? Ich räusperte mich. »Wo?« Noch schlimmer. »Ich meine, wie stellen Sie sich das vor?«, stotterte ich, und sie fing an zu singen. Fing tatsächlich an zu singen! Hier. Vor mir. Obwohl im Hintergrund der Alleinunterhalter mit ebensolcher Inbrunst wie grad noch als Freddie Mercury jetzt ›99 Luftballons‹ von Nena intonierte. Laura sang dagegen an. Auf Italienisch. Italienisch? Moment mal. Das Lied kannte ich. ›Invece No‹ von Laura Pausini. Ihre Aussprache war holprig. Sie war eindeutig keine Italienerin. Keine Laura Pausini. Ihr Charme hatte etwas Einstudiertes. Ich unterbrach sie.

»Gefällt es Ihnen nicht?«, fragte sie.
»Doch. Sehr. Danke. Es hat auch noch nie jemand für mich gesungen. Wirklich sehr aufmerksam. Aber wie war noch mal Ihr Name?«
»Laura, wie Laura Pausini! Sie verstehen?!«
»Mit wem, sagten Sie, sind Sie hier?«
»Das sagte ich nicht. Aber wenn es Sie interessiert, sein Name ist Luigi.«
»Luigi?«
»Si.«
Luigi … Ich überlegte. Was hatte Putzi in Mergentheim behauptet? Jeder Luigi jedes x-beliebigen Eiscafés Venezia sei Beglücker für die weibliche Bevölkerung über fünfzig? Diese Eiscafé Luigis seien doch alles kleine Puffbetreiber. Ich hatte diese Bemerkung natürlich als eine ihrer üblichen Putzi-Gespinste abgetan, vollkommen hirni, war mir aber jetzt nicht mehr so sicher und fragte also die ominöse Laura vor mir: »Hat Luigi zufällig ein Eiscafé Venezia?«
»Si.«
»Sie sind bei ihm angestellt?«
»Si.«
»Zum Eisverkaufen.«
Sie zögerte.
»Luigi hat viele Cousinen, nicht?«, bohrte ich nach.
»Si.«
»Sprechen Sie sonst noch Italienisch?«
»No.«
»Sie sind also keine Italienerin?«
»Nur, wenn Sie das wünschen.«
»Wo kommen Sie her?«
»Slowenien.«
»Dann wissen Sie auch gar nicht, wer Laura Pausini ist?«
»Hab ich gegoogelt. Ihre Musik gefällt mir nicht. Schöne Stimme, aber ich habe die schöneren Brüste. Wollen Sie?«

Sie strich ihr Kleid glatt, sodass sich das Dekolleté spannte. Der Aus- bzw. Einblick war verlockend, aber ich sagte: »Ich nehme an, Sie werden so oder so bezahlt?«
Sie nickte.
»Von der Dame da hinten?« Ich zeigte auf Putzi. Sie nickte wieder, und ich sagte: »Vielen Dank, Laura, wirklich, aber machen Sie sich bitte einen schönen Abend. Ohne mich.«
»Sind Sie sicher?«
»Ja. Bitte verzeihen Sie.«

DER GERHARD IST HALT NUR EIN GERHARD

Ein Gefühl der Erschöpfung überkam mich. Ich schaute auf die Uhr und stellte fest, dass es erst kurz nach zehn war.
Ich hatte ein schlechtes Gewissen, da ich mich nicht weiter um Putzi gekümmert und ihr ›Geschenk‹ so schnöde verschmäht hatte. War ja an sich eine aufmerksame Idee. Ein wenig übergriffig vielleicht, aber wunderschön verpackt, und wenn ich nicht so stockarschig wäre, hätte ich wenigstens das ›Geschenkpapier‹ heruntergerissen und … Nun gut. Ich bin halt ein Mann der Worte, nicht der Taten. Blablabla.
Zuletzt hatte ich Putzi am Buffet gesehen, aber jetzt konnte ich sie nirgends entdecken. Gerhard drehte seine Runden auf dem Parkett. Nicht mit Putzi, sondern mit Liselotte, seiner Ehefrau, eng aneinandergeschmiegt, wie festgetackert. Und Liselotte strahlte, so breit wie eine solariumverbrannte Profitänzerin, als ob sie den Umstehenden demonstrieren wollte, schaut her, wie glücklich wir sind. Der einzige Ort im Ratskeller, den ich nicht inspiziert hatte, war die Damentoilette. Also wartete ich davor, geschlagene zwanzig Minuten. Ein Kommen und Gehen. Ein Drängeln wie im Taubenschlag, ein aufgeregtes Geschnatter und Durcheinander von Händetrockner, Klospülung und Klappern der diversen Beautyutensilien, das zu mir nach draußen drang. Als die Tür aufschwang, rief ich Putzis Namen. Keine Antwort. Ich nahm die Stufen nach oben und trat hinaus ins Freie. Welcher Idiot, dachte ich, hatte sich als Location mitten im Sommer diesen Keller ausgesucht. Es war jetzt 22.30 Uhr und immer noch angenehm warm, aber vor allem nicht so stickig wie unten. Eine frische Brise zog vom See herüber, der jenseits der Straße hinter den Eisenbahnschienen im Mondlicht sanfte Wellen schlug. Eine sternenklare

Nacht. An der Ecke warteten mehrere Taxis. Ich lief um das Gebäude herum, über den Parkplatz des angrenzenden Supermarktes. In der Mitte waren mehrere Autos im Kreis geparkt, Schnauze an Schnauze, wie eine Wagenburg der Siedler im Indianerland. Im inneren Kreis lungerten fünf Halbwüchsige, auf den Motorhauben sitzend oder am Boden gegen die Felgen gelehnt, mit Bierflasche und Fluppe. Ein Ghettoblaster auf einem der Autodächer. Aus den Boxen dröhnte eine merkwürdige Mischung aus Hip-Hop und Punk. Keine erkennbare Melodie. Der Asphalt war bedeckt mit Zigarettenschachteln, Chipstüten und leeren Dosen. Die Jungs trugen Armeehosen, Flip-Flops und T-Shirts mit Guns-'n'-Roses- und Che-Guevara-Aufdruck und hatten in Habitus und Umgang genau die rotzige Lässigkeit drauf, die ich in dem Alter gerne gehabt hätte. Ich stutzte, hm ... die Lässigkeit fehlte mir auch heute noch.
Linkisch ging ich an den Jungs vorbei, und da sah ich sie.

Bewegungslos saß sie auf einem der Blumenkübel aus Beton zwischen den Geranien. Von der Leuchtreklame hinter ihr war sie in ein orangenes Licht getaucht. Die dicken Hände zu Fäusten geballt, starrte sie auf den Fleck Boden zwischen ihren Füßen. Ein trauriger Kloß in meiner Brust wurde bei ihrem Anblick immer größer und größer und begann nach oben Richtung Hals zu wandern. Putzi sah so bleich und fertig aus, einer Ohnmacht nahe. Das haben wir bestimmt dem Gerhard zu verdanken, dachte ich, dieser kleine schäbige Wichser! Die Wut drückte den Kloß wieder nach unten.

»Haste mal ne Spezialzigarette für nen ollen Kumpel«, fragte ich mit ausgestreckter Bettlerhand.
Sie schüttelte den Kopf.
»Mist«, sagte ich.

»Ja.«
Sie sah erschöpfter aus, als ich sie je erlebt habe. Ich holte tief Luft. Der Geruch des Bodensees war hier sehr intensiv.
»Ich hatte schon Angst, Sie wären davongelaufen«, sagte ich.
»Ich musste einen klaren Kopf bekommen, habe mich im Augenblick nicht gut im Griff.«
Ich nickte.
»Und manchmal muss man weglaufen, um zu sehen, ob jemand hinterherläuft«, sagte sie.
»Ich bin doch hier.«
»Eben.«
»Wollen Sie reden?«
»Ich weiß nicht.«
»Wir haben immer Möglichkeiten«, sagte ich.
Sie schaute mich an, als ob ich nicht mehr alle Tassen im Schrank hätte.
»Ich mein ja nur.«
Eine Leere fraß sich zwischen uns.
»Ein Bier wär nett«, flüsterte sie.
»Kommt sofort.«

Ich lief zu den Jugendlichen. »Hey Jungs, was habt ihr denn im Angebot? Darf man euch zwei Bier abkaufen?«
Sie nickten. »Klaro.« Aus den Bässen tönte jetzt ein langsames Lied, geradezu melodiös im Vergleich zu dem Gewummere von vorher. »Was ist das?«, fragte ich.
»Justin Timberlake.«
»Ach nee. Wie heißt die Nummer?«
»All over again.«
»Schön.« Ich legte einen Fünf-Euro-Schein auf die Motorhaube.
»Was hat die Dicke denn?«, fragten sie. »Ist der schlecht?«
»Liebeskummer.«

»Ey krass.«
»Ja.«
Sie gaben mir den Fünfer zurück: »Das geht auf uns!«, reckten die Hände zur Faust und riefen zu Putzi: »Ey, gute Besserung!«

Als ich mich wieder neben sie setzte, zeigte sie den Ansatz eines Lächelns. »Die Kinder sind ungefähr in dem Alter wie Gerhard und ich damals.«
»Übrigens, vielen Dank für Laura.«
»Sie sind einer von denen, die nicht genug lieben, Max. Oder zu viel.«
»Das haben Sie aber schön ausgedrückt. Sonst sagen Sie immer …«
»… Sie sind ein Quartalsficker. Ich weiß. Aber ich glaube, die Reise hat mich zu einer Dame gemacht.« Sie seufzte. »War doch ein hübsches Ding, die falsche Laura.«
»Schon, aber …«
»Kein Problem. Manchmal laufen die Dinge eben anders, als man sie sich denkt.«
»Leider.«
»Ich bereue nichts«, sagte sie.
»Nichts?«
»Nein.«
»Ein gutes Gefühl?«
»Hm … mir fehlen die Worte dafür, wie ich mich gerade fühle.«
»Auch auf die Gefahr hin, wie ein Klugscheißer zu klingen, Schiller hat mal gesagt: ›Jede Empfindung ist nur einmal auf der Welt vorhanden, in dem einzigen Menschen, der sie hat. Worte aber muss man von Tausenden gebrauchen und darum passen sie auf keinen.‹«
»Ja. So fühle ich mich. So unausdrückbar. Alles wirbelt so durcheinander in mir. Hab keine Worte dafür. Ich weiß

nur, ich habe einen blöden, blöden Fehler gemacht. Diese ganze Unternehmung war von vornherein zum Scheitern verurteilt. Einfach irrational.«

»Ich bin von Beruf Schauspieler. Wie irrational ist das denn?«

»Aber ich dachte, ich lebe ein Märchen. Hoffte doch wirklich, dass ich aus meinem Dornröschenschlaf aufwachen und das Leben neu beginnen würde. Nur dass ich halt selber der Prinz bin, der mich erweckt, und den Gerhard gleich mit. Naiv, gell?«

»Es ist nicht schlimm, naiv zu sein.«

»Naiv zu bleiben schon.«

»Warum soll man denn nicht träumen dürfen?«

»Der Gerhard ist halt nur ein Gerhard.«

Ich glaube, das meinte sie gar nicht wertend. Es war eine ganz sachliche Feststellung. So jedenfalls deutete ich ihren Blick. Eine ernüchternde Erkenntnis. Was Putzi schließlich zu diesem Urteil gebracht hatte, sollte ich nie en detail erfahren, auch wenn es mich natürlich brennend interessierte. Aber ihre Haltung verbat ein weiteres Nachforschen. Und ich war froh – und weiß nicht genau, warum, vielleicht gar aus Eifersucht –, dass Gerhard nun Geschichte war.

»Dafür kann er ja nichts«, sagte sie, »dass er nur ein Gerhard ist. Ehrlich gesagt, bin ich ja diejenige, die dachte: Wie ich sein will, bin ich nicht.«

»Wie wollten Sie denn sein?«

»Anders.«

»Und jetzt?«

»Jetzt nicht mehr. Zumindest nicht für Gerhard.«

»Das ist doch gut, oder?«

»Ich weiß nicht.«

»Wie soll es jetzt weitergehen?«, fragte ich.

»Das wird sich zeigen.« Sie machte eine Pause. »Hoffe ich.«

»Wollen wir tanzen?«

»In den Schuhen? Unmöglich!«
»Dann ziehen Sie die Schuhe eben aus.« Ich sprang auf und lief auf die Jungs zu. Zwischen der Wagenburg und Putzi blieb ich stehen, nah genug, dass alle mich verstehen konnten. »Entschuldigt bitte«, wandte ich mich an die Jungs, »aber dürfte ich euch noch mal um was bitten?« Sie kamen näher. »Dieser Blues von eben«, fragte ich, »könnt ihr den noch mal spielen?«
»Klar.«
»Und könnt ihr dabei die Scheinwerfer aufdrehen?«
»Sicher doch.«
»Danke.«
Ich breitete die Arme aus, als stünde ich auf der Bühne, in einer Arena, vor und hinter mir die Zuschauer, wandte mich abwechselnd an Putzi, dann wieder an die Jungs: »Ich widme diesen Tanz Marianne. Marianne vom Bodensee, die mich nach einundzwanzig Jahren wieder zum Tanzen bringt. Das letzte Mal war mit Bettina Mösebrecht, der hässlichen Freundin von Regine Manteufel, dem schönsten Mädchen meines Tanzkurses – Standard für Anfänger, Tanzschule Dieter Keller in Berlin Halensee. Auf die schöne Regine hatte mein Kumpel Jim als Erster seine Ansprüche angemeldet. Und Jim machte hinter meinem Rücken einen Deal mit ihr: Er dürfe mit der schönen Regine rummachen, solange ich Regines Freundin, die hässliche Bettina, zum Tanz auffordern würde. Jim hat mich und unsere Freundschaft verkauft für einen Zungenkuss von der schönen Regine. Ich hab daraufhin den Kurs geschmissen. Seitdem – ich schwöre – habe ich nie mehr getanzt. Nun gut, ich hatte Tanzunterricht auf der Schauspielschule, aber das zählt nicht, das war, wenn man so will, gezwungenermaßen. Aus freien Stücken nie wieder! Bis zum heutigen Tag. Dafür jetzt und hier mit der coolsten Dame, die ich kenne!« Ich lief auf Putzi zu, verneigte mich und

hielt ihr formvollendet meine Hand hin, »Marianne, dieser Tanz ist für Sie.« Putzi legte ihre in die meine. Die Jungs applaudierten und drehten die Musik voll auf. Timberlake sang:

›You've been alone, You've been afraid,
I've been a fool, in so many ways,
but I would change my life,
If you thought you might try to love me …‹

Und Putzi schmiegte sich in meine Arme. Ich empfand ein Gefühl ungeheurer Erleichterung. »Es tut mir schrecklich leid«, sagte ich, und dann sie: »Danke.«
»Für was?«
»Für alles«, erwiderte sie, »für die Begleitung. Fürs Dasein. Für die Reise.«

Ihre Hände tasteten über meinen Rücken. Unsicher erst, doch dann schwebte sie. Ihr Körper war weich, grazil, sehr elegant.
Ich sagte: »Und die Reise ist noch nicht vorbei!«
»Sie glauben also noch an mich?«
»Immer.«
»Sie haben mich noch nicht aufgegeben?«
»Niemals.«
»Keine leichte Aufgabe.«
»Eine kluge Frau sagte mir mal, manchmal muss man, um sich selber zu besiegen, mit dem Teufel verhandeln, muss man, um die Scheiße zu entfernen, mit dem Putzteufel verhandeln. Marianne, ich bin Ihr Putzteufel!«

Wir drehten uns im Scheinwerferlicht über den Asphalt, und fünf picklige Jungs, die die große Liebe noch vor sich hatten, waren unser Publikum.

GRANDE FINALE

In dieser Nacht versuchte ich, meine Gedanken zu sortieren. Der Fernseher lief. Das Erste brachte einen Bericht über die Höhepunkte der Leichtathletik-WM. Auf meinen angewinkelten Beinen lehnte das MacBook, ich hämmerte in die Tasten. Den Reisebericht für meine Zeitschrift hatte ich schon längst beiseitegeschoben. Ich würde ihn in Berlin mit Hilfe von Philipps Büchern und dem Internet zusammenschustern. Würde eh keiner merken. Zwei Magazin-Seiten inklusive Fotos, das sollte ich ja wohl hinbekommen. Etwas anderes trieb mich um. Naiv zu bleiben sei schlimm, hatte Putzi vorhin zu mir gesagt. Was für eine seltsame, was für eine traurige Aussage.
Über Skype hatte ich einige Telefonate getätigt, unter anderem mit der slowenischen Laura, die mir ihre Visitenkarte in die Anzugtasche überm Herzen gesteckt und versprochen hatte, mir, falls nötig, mit ihren Beziehungen weiterzuhelfen. Ich hatte schon während unserer Reise damit begonnen, Putzis und meine Geschichte niederzuschreiben. Eine befreundete Produzentin, mit der ich regelmäßig chatte, fand die Idee »so originär«, mit seiner Putzfrau die Romantische Straße zu bereisen, dass sie mich bat, unterwegs Notizen für ein mögliches Drehbuch zu machen. »Allerdings muss Putzi am Ende sterben, oder du Max, je nachdem: Road Movie, du verstehst?« Dieses Ansinnen hatte ich im Vorfeld ja schon kommen sehen, damals Putzi in ihrer Küche selber empfohlen und gemeinsam mit ihr diskutiert, als wir verschiedene Optionen erwogen, wie wir Putzi und ihre Freunde veröffentlicht bekommen. Es ist lustig, traurig, beängstigend, krass, wie auch immer, dass manche Befürchtungen, seien sie noch so 08/15, absehbar oder idiotisch, prompt Gestalt annehmen.

Auch meinem Verlag hatte ich von der Reise erzählt. Toller Stoff für ein Sachbuch, meinten sie, aber dann schaltete sich das Marketing ein, man könne einen Autor nicht in beiden Sparten aufbauen, »die erste Geschichte vom Herrn Urlacher erscheint in der Belletristik, ergo darf man die Leser nicht verunsichern und ihn insofern nicht parallel in der Sachbuchsparte herausbringen: Sein zweites Buch muss also ebenfalls Fiktion sein.« Als gerade mal angehender Autor fehlten mir die Eier, dem nachhaltig zu widersprechen. Außerdem gab Putzi zu bedenken, »Fiktion ist immer besser, dann müssen wir nicht in' Knast, schließlich sind diese Bluthunde vom Finanzamt hinter den kleinen Leuten mehr her als wie hinterm Zumwinkel. Sie können sich ja trotzdem 1:1 an die Realität halten, Max, alles so aufschreiben, wie es ist, dann glaubt's eh keiner, und niemand kommt auf die Idee nachzufragen.«

Ganz so ging es natürlich nicht, aus dem absurden Grund, dass man manche Dinge, seien sie noch so authentisch, verfälschen muss, damit die Leute einem die Wahrheit auch abnehmen. Die Regel ist, das scheinbar Unglaubwürdige ist real, das scheinbar Reale hinzugefügt, verändert, geschönt, gefärbt, verzerrt und erfunden.

Während ich die verschiedenen Stationen unserer Reise skizzierte, versuchte ich, das dröge Klassentreffen aufzublasen, spektakulärer zu machen, hollywoodesk, im Stil einer Romantic Comedy, Putzi zu ihrem Recht und vor meinem geistigen Auge mit ihrem Traumprinzen Gerhard vereint ›davonfliegen‹ zu lassen. Aber das wäre dann doch zu weit von der Realität entfernt gewesen. Denn wie sagte Putzi? »Der Gerhard ist halt nur ein Gerhard.« Kluge Erkenntnis, aber kein filmreifes Ende.

Putzi sucht und findet nicht. Wie so viele, die ich kenne, mich eingeschlossen. As simple as that. Bescheuert, aber wahr. Trotzdem, so wollte, so konnte ich unsere Reise nicht enden lassen. Ein Paukenschlag musste her, ein Grande Finale. Meine Traumrolle war immer Peter Pan. Habe ich nie gespielt. Einmal war ich nah dran. Es war alles besprochen. Aber dann hat sich ein Kolleginnenluder – eine Frau als Peter Pan, wie doof ist das denn?! – die Rolle erschlichen. Da kam ich nicht gegen an. Es war die Freundin des Regisseurs. Tja … Dafür habe ich den Helden meines ersten Romans fliegen lassen. Ich hab's mit dem Fliegen. So wie der Haudegen Frieder Kaltenbach mit seinen Heißluftballons! Also rief ich die slowenische Laura an. »Der Luigi macht alles möglich«, hatte sie mir noch vor wenigen Stunden versichert.
»Laura, ich bin's, der Idiot, der dich heute Nacht hat stehen lassen.«
»Ich wurde ja bezahlt.«
»Klar.«
»Nicht, dass ich nicht gerne mitgegangen wäre. Du verstehst?«
»Das nehme ich als Kompliment. Danke. Tut mir leid, dass ich dich mitten in der Nacht anrufe …«
»Das ist meine Zeit.«
»Ich habe eine große Bitte, nicht für mich, sondern für die Dame, die dich heute Nacht gebucht hat.«
»Die Mary?«
»Ja.«
»Ich höre.«
Dann rief ich Frieder Kaltenbach an.

Als ich fünf Stunden später den Ballon vor meinem Fenster aufsteigen sah, sollte eigentlich er an der Leine ziehen. Ich erzähle putzisch. Entschuldigung. Der Reihe nach. Frieder Kaltenbach ist – zugegeben – nicht ganz der kernige Abenteurer, zu dem ich ihn in unserer Geschichte gemacht habe. Ja, ich gestehe, ich lüge. Ich lüge und manipuliere und verfälsche und übertreibe. Wie 99,97 Prozent aller Menschen. Und wie 99,99 Prozent aller Schauspieler. Trotzdem, ja, Frieder ist eine Berühmtheit. Sie würden ihn kennen, wenn ich den Namen verraten würde, was ich nicht tun werde. Und ja, ich liebe es, in Bezug auf die ein wenig blasseren Kandidaten meiner Geschichte aufzuschneiden, sie verwegener zu machen. Mich inbegriffen. Das ist meiner Liebe zu Nebenrollen geschuldet. Aber Frieder ist nichtsdestotrotz ein Haudegen und feiner Mensch, so dachte ich, den Putzi, da war ich sicher, bei unserem Aufeinandertreffen in der Seele berührt hatte. Und umgekehrt sowieso.

Also rief ich in dieser Nacht Frieder Kaltenbach an, die Nummer hatte mir ein Berliner Kumpel, der Bullen-Marcus, mittlerweile Kriminalkommissar in Neukölln, »so ne Scheiße, ausgerechnet Neukölln«, besorgt.

Frieder hat nicht so reagiert, wie ich es mir gewünscht hatte. »Woher haben Sie meine Nummer?«

»Von Marianne«, log ich.

»Kann nicht sein.«

»Warum?«

»Der habe ich eine falsche gegeben.«

»Wieso das denn?«

»Hören Sie«, druckste Frieder Kaltenbach herum, »das war ein netter Abend, aber tags darauf hatte ich Kopfschmerzen, das habe ich sonst nie, ein schlechtes Zeichen, und das Gefühl, dass Ihre Tante mehr von mir erwartet, als ich in der Lage bin zu geben. Ein amüsantes Persönchen, wirklich, aber wir passen nicht zueinander. Bitte entschuldigen Sie und rufen Sie nicht wieder an.«

Er hatte sie ›Persönchen‹ genannt. Arschloch.

Über dem Bodensee ging die Sonne auf. Die ersten Strahlen fielen aufs Bett. Unser Gasthaus, ein alter Bauernhof, lag auf einer Anhöhe oberhalb von Markelfingen. Die Hügel, die ich durch mein Fenster sah, wirkten in der Morgendämmerung sanft und friedlich.
Gestern auf dem Klassentreffen hatte ich überlegt, welches Filmgenre zu Putzi passen würde. Bollywood oder Martial Arts. Dass wir nun in einem Comic enden würden, hatte ich nicht erwartet. Die folgende Szene erinnerte mich an den animierten Film ›Oben‹, den ich zwei Wochen zuvor im Kino gesehen hatte. Ein grimmiger Rentner und ein kleiner fetter oberhilfsbereiter Pfadfinder entschweben ihren Sorgen und entdecken neue Welten. Der alte Mann war auch hier und jetzt ein hutzeliger Greis, »Herr Ohnemut«, so hieß der Ballonführer, »der Einzige, den ich auf die Schnelle auftreiben konnte«, wie mir Laura erklärte. Putzi, ähnlich dem Pfadfinder, strahlte so glücklich wie ein Kind auf Abenteuer. Fehlten noch kunterbunte Vögel, die den Ballon begleiteten und kitschige Lieder sangen, wie in einem Disney Film. Auch war der Ballon nicht so pittoresk wie der eines Zeichentrickfilms, sondern fett mit einer Bier-Reklame bedruckt, »aber etwas Besseres habe ich in der Kürze der Zeit wirklich nicht besorgen können«, rechtfertigte sich Laura.
»Schon gut. Ich bin begeistert. Und Putzi mit Sicherheit auch.«

Ich lehnte mich aus dem Fenster und sah Laura unten warten. Sie blickte hinauf zu mir. Jetzt trug sie Jeans und Kapuzensweater, die Haare waren locker zusammengebunden, zwei Baguettes hatte sie dabei und winkte. »Frühstück gewünscht?«, rief sie in gespieltem Kellnerinnen-Stil. Das sei im Preis inbegriffen. Der war ja auch horrend hoch. Betrug mehr als mein gesamtes Honorar für den Artikel

und – schlimmer – oben drauf noch das Putzi-Mobil. Dass mich die Ballonfahrt in den Ruin trieb, würde ich Putzi selbstverständlich verheimlichen, und die Sache mit dem Putzi-Mobil erst recht. Ich würde behaupten, in der Nacht hätte ich es mit Laura wild auf der Rückbank getrieben, keine Einzelheit würde ich auslassen, das würde Putzi von meiner eigentlichen Lüge ablenken, dabei hätte sich die Bremse gelöst und das Putzi-Mobil sei in den See gerollt. Laura sei noch so geistesgegenwärtig gewesen, die Nummernschilder abzumontieren, damit man uns nicht wegen Umweltverschmutzung und fürs Bergen eines abgesoffenen Autos drankriegen könnte. »Das hätte ich der Laura gar nicht zugetraut«, würde ich sagen.
»Was?«, würde Putzi fragen und zweideutig zwinkern.

Dass ihr ›Geschenk‹ an mich, also die Laura, doch noch angenommen worden sei, würde Putzi freuen und den Verlust des Putzi-Mobils vergessen machen. Gerhard weg. Frieder weg. Putzi-Mobil weg. Aber eine glückliche Putzi.

Ich hatte so getan, als sei ich verkatert, und mich von Laura entschuldigen lassen. Ich wollte, dass Putzi diesen Ausflug alleine machte. Die Ballonfahrt gehörte ihr. Ihr ganz allein. Laura hatte an Putzis Tür geklopft und sie nach draußen gebeten. Putzi hatte nur ihr Nachtkleid an, das mit der Sicherheitsnadel am Ausschnitt, aber wie immer – für alle Fälle – schnell Hütchen, Tasche und Schirm gegriffen. Dann sah ich von meinem Fenster aus den Heißluftballon landen. Er berührte sanft den Boden. Staub wirbelte auf und legte sich wie eine Wolke um den Korb. Die Sonnenstrahlen öffneten den dichten Vorhang, gaben den Blick frei auf den Hutzeligen, Herrn Ohnemut, an der Reißleine, der Putzi seine Hand reichte. Laura half der verblüfften Putzi über die Hängeleiter in den Korb. Der greise Ballonführer ließ den Brenner fauchen und löste die Leinen. Sie hoben ab.

Als sie an meinem Fenster vorbeiflogen, salutierte der Alte. Putzi lehnte sich über den Korbrand. Ihre Augen schwammen in Tränen.
Nein! Das ist gelogen. Auch wenn es so herum schöner gewesen wäre. Putzi war viel zu ergriffen. Großäugig, wie Alice in Wunderland, blickte sie fasziniert umher.
Wer heulte, war ich.
»Ein Märchen!«, rief sie. »Ich fühle mich wie in einem Märchen.«
Das ist total dämlich, ich weiß, aber ich empfand, was womöglich ein Vater empfindet, wenn er seine Tochter zum Traualtar führt. Es ist nicht leicht, loszulassen, dachte ich und heulte noch mehr.
»Danke!«, wollte ich rufen, weil der Moment nach Pathos verlangte, nach Sternenregen, einer Fanfare oder zumindest einem Regenbogen. Camus sagt, was der Mensch braucht, sei menschliche Wärme, »danke für deine Wärme, Putzi!«, hätte ich rufen wollen, auch nicht gut, zumindest nicht, um es aus dem Fenster zu schreien, um sechs in der Früh. Amerikaner können in solchen Fällen ›I love you‹ rufen, auf Deutsch klingt das immer gleich so betulich. Wie dumm. Aber warum eigentlich nicht? ›Marianne, hören Sie gut zu, ich werde es nicht wiederholen, weil man so etwas gegenüber seiner Putzfrau nur einmal im Leben sagt, wenn überhaupt, und auch den besten Freunden nur bei der Hochzeit, im Anschluss, bei den Reden, und selbst dann eigentlich nicht, aber sei's drum, hier kommt's: Marianne, ich liebe Sie.‹ Aber das ging dann doch nicht, weil ich es hätte schreien müssen, und ›Marianne, ich liebe Sie!‹ geschrien: Nein!! Mir schossen die merkwürdigs-

ten Dinge durch den Kopf. Das kenne ich. In Momenten wie diesen, die Ehrfurcht gebieten, wie Premieren, Beerdigungen, Taufen, Hochzeiten, der Augenblick nach dem Orgasmus, schießt bei mir regelmäßig etwas quer, so Tourette-Syndrom-mäßig, ein kleines Teufelchen, das revoltiert und möchte, dass ich ›Ficken‹ oder ›Sieg Heil‹ brülle oder etwas ähnlich Unangebrachtes. Furchtbar. Ein Drang, den ich Gott sei Dank meistens unter Kontrolle habe, wobei, da bin ich mir sicher, sich Putzi über ein lautes ›Ficken‹ köstlich amüsiert hätte.

Ich wollte einfach keinen Punkt hinter unsere Geschichte setzen. Keinen Punkt. Eher so etwas wie … die liegende Acht der Unendlichkeit! Ja, das war's! »Die liegende Acht der Unendlichkeit – Putzi, das sind wir!«, schrie ich aus dem Fenster. »Wir beide, wir sind die liegende Acht der Unendlichkeit, jeder eine Schlaufe, die ineinander übergehen, versteeeehen Siiiiee?!«

Der Ballon stieg immer weiter, ab und hinauf, in die unbegrenzte Weite, bis nur noch ein kleiner bunter Punkt zu sehen war.

Und auch wenn Putzi nur noch ein kleiner Punkt ist, sie bleibt bunt.